MW01641523

ALESSANDRO LATTORE

Entre viñedos y secretos

Una historia de amor y coraje

en la Italia del Risorgimento

Primera edición: Diciembre 2025
Código ISBN: 979-12-82383-18-0

Publicado por Mac Duir Publishing
www.macduir.com info@macduir.com

A todos los lectores

Para aquellos que creen que el amor puede cruzar
colinas, estaciones y silencios.

A los que saben que el coraje no es la ausencia de miedo,
sino la elección es seguir adelante de todos modos.

Y a aquellos que, entre las páginas de un cuento,
Busca siempre un reflejo de su propio corazón.

ÍNDICE

I

La tranquilidad de Valleverde

1.1 El país y la escuela

Las colinas de Valleverde despertaban lentamente, como si cada mañana el sol acariciara las hileras de viñas y los trigales aún cubiertos de rocío. Desde la pequeña ventana del aula, Elena Bardi veía el oro del verano mezclándose con el verde oscuro de los olivares, y un tenue velo de niebla que se cernía sobre el río, reticente a disiparse.

El escritorio de la profesora era de madera oscura, desgastado en el borde derecho, donde, a lo largo de los años, decenas de manos habían apoyado libros, cuadernos y codos nerviosos. Sobre él, un tintero de terracota y un fajo de tizas blancas envuelto en un pañuelo limpio. Elena, como cada mañana, los colocaba con cuidado, como si el orden de los objetos también pudiera dar ritmo a las jornadas de sus alumnos.

La escuela primaria Valleverde era un solo aula: un cuarto bajo con paredes encaladas y dos grandes ventanales que daban a la plaza. No había mucho: un armario para libros, una pizarra oscurecida por el uso y una estufa de leña para el invierno. Sin embargo, para Elena, ese espacio era más que un aula: era una promesa.
Tenía veinticuatro años y un porte sencillo, pero su mirada tenía la determinación de quienes han elegido un camino sin presiones. Había regresado a Valleverde dos años antes, tras estudiar en la ciudad, con la firme intención de brindar a los niños del pueblo una educación que fuera más que un deber: un pasaporte a un futuro diferente.

La campana de la iglesia dio la hora y, como siempre, anunció los primeros pasos apresurados sobre la grava. Los niños llegaron en pequeños grupos, algunos con zapatos gastados, otros descalzos, cargando cuadernos toscamente encuadernados y tablillas enceradas. El olor del campo los seguía: paja, leche fresca, sudor inocente.
Elena los saludó por su nombre, uno por uno. Conocía a sus familias, a sus hermanos mayores, los campos donde trabajaban. Sabía quiénes necesitaban una sonrisa extra y quiénes necesitaban una pregunta directa para empezar a hablar.

La mañana comenzó con una lectura en voz alta. Un pasaje de la *Historia del Reino de Italia*, un texto sencillo pero lleno de nombres y fechas que para muchos de sus alumnos eran fantasmas lejanos. Elena no solo leyó: interrumpió, explicó y relacionó esos nombres con hechos que podían comprender.

"Miren, niños, cuando Garibaldi entró en Nápoles..." –y lo contó como si fuera una historia íntima, casi familiar, iluminando los ojos de los oyentes por un instante. No todos comprendieron la carga política de aquellos acontecimientos, pero todos percibieron que había algo más grande más allá de las colinas que conocían.

Fue durante un descanso entre clases que Elena miró por la ventana. En la plaza, una anciana acomodaba verduras en el puesto del mercado; un poco más lejos, dos hombres hablaban en voz baja, mirando hacia la escuela. No era la primera vez que notaba esas miradas: una mezcla de curiosidad y sospecha.
Ser una maestra joven y soltera con ideas "modernas", como las llamaban, no pasaba desapercibida en Valleverde. Algunos la respetaban, otros la toleraban, y otros la juzgaban en silencio. Sin embargo, ella había aprendido a no dejar que esas opiniones entraran en el aula.

Tras el descanso, se reanudó la clase de aritmética. La tiza se deslizaba por la pizarra, dejando un sonido nítido y rítmico. Algunos niños contaban con los dedos, otros movían los labios, siguiendo los números. Elena se movía entre los pupitres, corrigiendo pacientemente, agachándose a la altura de los ojos de todos.
En ese momento, no era la hija de un obrero despedido injustamente por un noble local. No era una joven en un mundo que esperaba que las mujeres fueran ante todo esposas y madres. Era solo una maestra, y eso le bastaba.

A media mañana, el sonido de cascos sobre la grava le llamó la atención. Un caballo negro cruzaba lentamente la plaza, conducido por un hombre alto y elegante. Elena apartó la mirada rápidamente, volviendo a la pizarra, pero oyó el murmullo de los niños cerca de las ventanas. No

conocía al hombre, pero su figura le resultaba familiar, como si un eco lejano ya le hubiera resonado.
No sabía que era Lorenzo Altieri, hijo de la condesa Bianca, que había regresado de Florencia después de años de estudios.

La mañana terminó con un ejercicio de escritura. "Mi País" fue el tema del día. Mientras los niños escribían, Elena los observaba: algunos describían la plaza y la fuente, otros las colinas y el río. Nadie habló de nobles ni campesinos: para ellos, Valleverde era simplemente su hogar.
Sin embargo, Elena sabía que esas mismas calles, vistas a través de ojos adultos, estaban llenas de límites invisibles: quiénes podían entrar en ciertas habitaciones, quiénes podían hablar con ciertas personas, quienes tenían derecho a soñar.

Cuando sonó el último timbre, los niños salieron corriendo, dispersándose hacia los campos y las tiendas. Elena se quedó sola en el aula, ordenando los pupitres y recogiendo sus cuadernos. La luz de la tarde se filtraba dorada, iluminando el polvo en el aire.
En ese silencio, la escuela parecía contener las respiraciones, las risas, las palabras pronunciadas en las horas pasadas. Un lugar pequeño, pero que para ella contenía un mundo entero.

Afuera, la plaza recuperó su ritmo lento. Un grupo de hombres conversaba cerca de la posada, y uno de ellos le dirigió un apenas perceptible gesto de la cabeza. No era un saludo, sino más bien una señal de reconocimiento: te vimos, sabemos quién eres.
Elena bajó la mirada y cerró la puerta del aula, llevándose consigo el olor a tiza y madera. Sabía que el día siguiente sería igual y, a la vez, diferente. Porque en Valleverde, todo

cambiaba con una lentitud casi imperceptible... hasta que un acontecimiento inesperado alteró el equilibrio.

1.2 El peso de los orígenes

El sendero que llevaba de la escuela a la casa de Elena discurría junto al río un corto trecho, luego ascendía entre olmos y robles hasta una pequeña meseta donde las casas eran más dispersas. Cada día, al recorrer ese sendero, Elena sentía como si cruzara dos mundos: el de la plaza del pueblo, con sus reglas no escritas y las miradas que medían cada gesto, y el mundo más tranquilo y aislado de las familias que vivían en las afueras.

La casa de la familia Bardi era una tosca construcción de piedra, con un tejado bajo de tejas rojas y un pequeño patio al frente, donde aún se podía ver el tronco donde su padre, años atrás, cortaba leña en las tardes de invierno. Fue allí donde aprendió a leer, no con libros escolares, sino con las etiquetas de los sacos de grano, las facturas manuscritas que recibía su padre y, ocasionalmente, cartas de parientes lejanos.

En ese tocón, sin embargo, también había un recuerdo que pesaba como una piedra de molino. Una tarde de otoño, cuando Elena tenía apenas catorce años, su padre regresó de la finca Altieri con el rostro sombrío y las manos vacías. Había trabajado para esa familia durante casi veinte años, pero una discusión con el administrador —un hombre arrogante y cruel— bastó para que lo despidieran en el acto. Sin apelación, sin explicación. Solo la certeza de que la palabra de un granjero valía menos que nada frente a la de un hombre que gozaba de la confianza de la condesa.

Elena recordó a su madre poniendo la mesa esa noche en silencio, con movimientos lentos y mesurados, como si temiera romper algo frágil. Su padre, sentado, mantenía la mirada fija en su plato, y por primera vez lo vio viejo. No en años, sino en espíritu.

Fue en ese momento que decidió que su vida no estaría determinada por nadie. Estudiaría, encontraría la manera de vivir sin tener que agachar la cabeza. La oportunidad llegó gracias a un antiguo maestro, el Sr. Mancini, quien había notado su curiosidad y aptitud. Le prestó libros y, finalmente, la recomendó para una pequeña beca que le permitió asistir a la escuela de magisterio de la ciudad.

Los años en la ciudad la habían marcado profundamente. No solo por las lecciones aprendidas, sino también por la libertad de caminar por calles donde nadie la conocía, donde no importaba si su padre era obrero o su madre vendía huevos en el mercado. Había conocido a otras jóvenes que, como ella, soñaban con un futuro diferente. Algunas querían ser maestras, otras enfermeras o abrir una tienda. Aquellas conversaciones vespertinas, susurradas a la luz parpadeante de las lámparas de queroseno, se habían convertido para Elena en hilos de una nueva tela, un tapiz que hablaba de otra posibilidad de vida.

Sin embargo, regresar a Valleverde había fue un shock. El campo tenía sus encantos, pero también traía consigo una red invisible de límites y expectativas. Cada familia tenía su lugar, y cada lugar tenía sus límites. Para muchos, una joven que vivía sola y enseñaba a hijos ajenos era una figura inusual, casi sospechosa. Las madres la respetaban por lo que enseñaba, pero algunas temían que pudiera "inculcar ideas extrañas en la cabeza de sus hijos". Los hombres la saludaban con cortesía, pero con la distancia reservada para quienes no encajaban en los roles familiares de la comunidad.

Esa noche, sentada junto a la ventana, Elena trabajaba en un montón de tareas para corregir. El atardecer teñía las colinas de cobre y oro, y la silueta de Villa Altieri se alzaba en la distancia, más allá de las hileras de cipreses. No pudo evitar pensar en el hombre a caballo que había visto en la plaza. Aún no sabía su nombre, pero su porte, su postura erguida y su mirada segura delataban su pertenencia a ese mundo del que su familia había sido excluida sin piedad.

Un golpe en la puerta la hizo levantarse. Era Sofía Bellandi, con el rostro iluminado por una amplia sonrisa y el cabello rubio recogido en una trenza. Llevaba una cesta de pan fresco y unas manzanas.
"Mamá hizo pan hoy y dijo que teníamos demasiado. Pero creo que es una excusa para mandarme a charlar", dijo, entrando sin esperar invitación.

Sofía era diferente a las demás chicas del pueblo. No temía decir lo que pensaba y no parecía importarle mucho lo convencional. Quizás por eso Elena la consideraba más que una amiga: una hermana que el destino le había regalado.
Se sentaron junto a la chimenea, y mientras Elena retomaba sus deberes, Sofía miró hacia la ventana.
Yo también lo he visto, ¿sabes? Ese caballo negro, y ese hombre... No pasa desapercibido. Dicen que es uno de los Altieri.
Elena miró sus cuadernos. "Tal vez."
Sofía rió suavemente. «Y quizás, si de verdad es uno de ellos, a la Condesa no le hará ninguna gracia saber que está merodeando cerca de la escuela».

Elena negó con la cabeza, pero no pudo evitar pensar en cómo, en última instancia, todo en Valleverde estaba conectado. Un caballo que pasaba por la plaza, una mirada casual, una palabra dicha con confidencia... y las voces ya se extendían, silenciosas pero veloces como el viento entre las colinas.
No era supersticiosa, pero sentía que aquella aparición era como el comienzo de un nuevo capítulo, aunque todavía no sabía si sería un regalo o una prueba.

Más tarde, cuando Sofía se marchó y la luz de la lámpara llenó la habitación de una calidez amarillenta, Elena se encontró aún contemplando la oscura silueta de la villa a lo lejos. El recuerdo de su padre y la injusticia sufrida resurgió, mezclándose con la curiosidad por este hombre desconocido.
Había un hilo invisible que lo unía todo: el pasado, con sus heridas; el presente, con sus reglas férreas; y un futuro aún incierto, pero que ella, en el fondo, esperaba poder cambiar.

Cerró sus cuadernos y apagó la lámpara. En el silencio de la noche, oyó el río fluir a lo lejos, firme e imperturbable. Y pensó que tal vez ella también, como ese río, encontraría la manera de superar cada obstáculo, sin detenerse.

1.3 Voces en la plaza

Por la mañana, la plaza de Valleverde parecía un escenario que se llenaba poco a poco de extras y visitantes. Primero llegaron los vendedores de frutas y verduras, con sus cestas rebosantes de manzanas, higos y cebollas atadas en trenzas. Luego llegaron las mujeres con cestas de pan aún caliente, y el aroma del horno se mezcló con el penetrante olor del queso maduro. Finalmente, aparecieron los hombres, deteniéndose en pequeños grupos frente a la posada, hablando de cosechas, impuestos y rumores de otras tierras.

Era día de mercado y la escuela empezaba tarde para que los niños pudieran ayudar en casa. Elena había decidido aprovechar esa hora libre para pasar por el zapatero: sus zapatos, aunque bien cuidados, empezaban a mostrar signos de desgaste. Caminó por el callejón que conducía a la plaza, envolviéndose en su chal a pesar del sol de la mañana.

Cada paso sobre el empedrado le traía un eco familiar. Conocía esa plaza desde niña: la fuente en el centro con el león de piedra descolorido, las tiendas con letreros de hierro forjado, el campanario que lo dominaba todo con su larga sombra. Pero desde que regresó como maestra, su perspectiva había cambiado: ahora también veía las fronteras invisibles, las líneas de pertenencia y exclusión que dividían a la comunidad.

En cuanto entró en el espacio abierto, notó esa peculiar pausa en el movimiento que no era verdadera inmovilidad, sino más bien una atención disimulada. Las conversaciones bajaron de tono a su paso; algunas sonrisas eran genuinas, otras eran gestos corteses que insinuaban un juicio moderado.

En el mostrador de pan, la Sra. Martelli le entregó dos panes envueltos en tela. «Para la escuela», dijo, como si fuera una ofrenda al conocimiento mismo. Luego, bajando la voz, añadió: «Oí que ayer, mientras dabas clase, alguien pasó en bicicleta y se detuvo a mirar...».
Elena se limitó a una sonrisa neutra. «Quizás un viajero curioso».
La mujer asintió, pero un destello de travesura brilló en sus ojos. «Dicen que era hijo de la condesa Altieri».

El nombre cayó como una moneda sobre una mesa de madera, con un sonido agudo e inmediato. Su simple pronunciación atrajo la atención. En el mostrador cercano, el carnicero dejó de afilar su cuchillo por un momento, y un niño pasó más despacio, fingiendo mirar las manzanas. Elena le dio las gracias y se alejó, pero sabía que la noticia estaba corriendo.

Un hombre cincuentón, de manos fuertes y hombros encorvados, tuvo tiempo de hacerle el mismo comentario al zapatero, pero en un tono diferente: «Si es cierto que ese joven ha vuelto de Florencia, veremos si trae nuevas ideas... o si sigue siendo un poco arrogante, como su madre».
Elena sonrió, pero no respondió. No quería alimentar conversaciones que sabía que siempre terminaban igual: con alguien recordando episodios pasados en los que la familia Altieri había impuesto su voluntad al pueblo.

De regreso, se detuvo en la fuente. El león de piedra escupía un chorro de agua cristalina, y dos niñas llenaban cántaros de barro. La más pequeña, mirándola, preguntó: «Maestra, ¿es cierto que un hombre rico ha venido a visitarla?».
Elena rió suavemente. "No, pequeña. Solo pasó por aquí."
La respuesta fue suficiente para la niña, quien se concentró para evitar que el agua se derramara. Pero Elena sintió el peso de la pregunta: hasta los niños más pequeños percibían cuando algo inusual interrumpía la rutina diaria del pueblo.

Siguiendo hacia la escuela, se cruzó con Don Ernesto Moretti, el párroco. Su sotana negra, su paso tranquilo, su mirada que siempre parecía valorar más de lo que aparentaba. «Buenos días, maestra», dijo con una leve sonrisa. «Me enteré de que ayer tuvo una visita inesperada».
—No era un visitante, Don Ernesto. Solo un transeúnte.

El sacerdote inclinó levemente la cabeza. «En un país como el nuestro, nada es lo que parece».

Esas palabras la siguieron hasta el umbral de la sala. Las voces en la plaza, tan suaves pero tan persistentes, eran como hilos que la envolvían. Aún no sabía si tejerían una manta protectora o una red de trampas.

Más tarde, mientras los niños tomaban asiento, Elena notó que dos chicos susurraban entre sí y la miraban rápidamente. «Si tienen algo que decir, díganlo en voz alta», les exhortó. Uno, sonrojado, murmuró: «Mi padre dijo que la condesa no quiere que su hijo hable con... gente como nosotros».
Hubo un breve silencio, roto solo por el crujido de una silla. Elena inhaló lentamente. «Quizás tu padre aún no conoce al hijo de la condesa», respondió, y siguió caminando, pero por dentro sentía ese mismo frío de siempre: el mismo que sintió el día que su padre perdió el trabajo.

La mañana transcurrió entre lecturas y cálculos, pero la mente de Elena volvía a menudo a las frases que había oído en la plaza. Sabía que, en un lugar como Valleverde, las voces eran como semillas: una vez plantadas, era difícil controlar qué crecería.

Cuando, al final del día, volvió a mirar por la ventana, la plaza estaba vacía. Solo se oía el lejano sonido de un martillo en una tienda y el viento entre los cipreses. Pero en su interior, Elena sentía que el silencio era engañoso. Bajo la superficie, algo se movía.

II

Un encuentro bajo el olmo

2.1 La sombra del señor

La mañana había comenzado con una luz clara, casi nítida, como si el viento nocturno hubiera suavizado el aire y definido cada contorno. Desde las colinas, el primer sol se deslizaba lentamente, acariciando las hileras de vides y los campos recién segados. Las gavillas de trigo, apiladas en los bordes, desprendían un olor seco y dulce que el viento llevó a la plaza, mezclándolo con el acre aroma de la leña quemándose en los fogones de la cocina.

Elena llegó a la escuela unos minutos antes. Llevaba el chal gris que le cubría los hombros y llevaba bajo el brazo la pila de cuadernos que había corregido la noche anterior. Había recorrido el camino habitual desde su casa hasta la plaza, pasando junto al río y luego subiendo por el estrecho callejón entre dos hileras de casas bajas. Cada paso le traía de vuelta el sonido de los adoquines bajo las plantas de los pies, un sonido constante que acompañaba sus pensamientos.

Abrió la puerta del aula y el familiar olor a madera, cal y tiza la recibió como a un viejo amigo. Colocó su chal sobre el escritorio, alineó las tizas envueltas en la tela y se agachó para ordenar sus cuadernos. La calma del momento solo se vio interrumpida por el tictac del reloj de pared y el suave susurro de las páginas al pasarlas.

Fue entonces cuando un sonido distinto empezó a insinuarse en el aire: un paso rítmico y pesado, cada vez más cerca. Era el sonido sordo y metálico de los cascos de un caballo sobre la grava de la plaza. Elena se enderezó lentamente y se giró hacia la ventana, moviendo apenas una de las cortinas claras.

Un caballo negro, alto y poderoso, avanzaba elegantemente al paso, montado por un hombre que, incluso desde la distancia, irradiaba un aura de confianza y control. Vestía una capa oscura que apenas se movía con el viento, y su postura en la silla era erguida, natural, como la de alguien acostumbrado a llamar la atención sin buscarla. Su sombrero no le cubría los ojos: su rostro, expuesto a la luz oblicua de la mañana, revelaba rasgos afilados, una barbilla firme y una mirada que nunca se perdía nada.

El caballo aminoró la marcha al pasar junto a la escuela, y el hombre se giró, observando brevemente el aula. No era una mirada distraída, sino una mirada directa y observadora, que Elena percibió como un toque ligero e inesperado. Por un instante, sintió como si ella fuera lo único en lo que realmente se había posado su mirada.

Tras ella, el murmullo de los niños empezó a crecer. Los primeros en llegar, atraídos por el ruido, se agolparon en las ventanas, intentando espiar.
"¿Quién es?", preguntó Marco, el hijo del molinero, con los ojos muy abiertos.
—Tal vez un extranjero —murmuró Giulia, ya medio escondida detrás de la cortina.
Elena, sin apartar la mirada de la ventana, simplemente dijo: «Un transeúnte». La palabra salió con calma, pero sabía que, en un lugar como Valleverde, nadie era un simple transeúnte.

El hombre no hizo ningún gesto, pero había algo meditado en la forma en que recorría con la mirada la fachada de la escuela y luego más allá, hacia la plaza, como si estuviera tomando nota. El caballo continuó avanzando, sus cascos marcando un ritmo constante, y la figura alta y morena se alejó más allá del campanario, desapareciendo de la vista.

Elena se dio cuenta de que había estado conteniendo la respiración. Exhaló lentamente, volviéndose hacia los niños. "Vamos, ¿de acuerdo?", dijo, aplaudiendo dos veces. Volvió a su escritorio, pero el sonido de los cascos aún resonaba en su cabeza como un estribillo.

Durante la mañana, el recuerdo de aquel hombre volvió a ella varias veces. No lo conocía, pero su figura le resultaba familiar, como si su nombre hubiera sido mencionado en su presencia, quizá en una conversación en la plaza o en los chismes de la posada que había oído por casualidad.

Mientras corregía un problema de aritmética, notó que algunos niños seguían susurrando, y comprendió que el episodio no se olvidaría fácilmente. No hacía falta mucho para que una novedad se convirtiera en la comidilla del pueblo: un desconocido, un caballo pura sangre, una elegante capa...

Durante el recreo, al salir a la pequeña plaza frente al colegio, Elena vio a dos mujeres hablando cerca, con cestas de la compra en el brazo. Una de ellas, al verla, asintió vagamente y luego reanudó la conversación en voz baja con la otra, quien en un momento dado se giró y la miró rápidamente. No era hostilidad, pero tampoco neutral: era la curiosidad de alguien que intenta conectar dos sucesos en una historia aún incompleta.

Elena simplemente se despidió y volvió a entrar. Había aprendido, desde su regreso a Valleverde, que ciertos silencios eran más elocuentes que mil palabras. Y sabía que el misterioso caballero estaba destinado a convertirse en el protagonista de las voces de ese día.

Por la tarde, al terminar la clase, el sol se filtraba oblicuamente por las ventanas, proyectando largas hojas doradas sobre el suelo. Los niños estaban absortos en terminar un ejercicio de escritura, y el aula estaba sumida en un silencio casi irreal. Fue entonces cuando volvió a oír el sonido de los cascos, esta vez más rápido, como si el caballo se lanzara a un trote controlado.

Instintivamente, se giró. No vio el caballo, solo la oscura cola de la capa que desaparecía tras la esquina de la plaza. Era como una sombra que iba y venía sin dejar rastro, pero con la precisión de quien no se mueve al azar.

Cuando sonó la última campana y los niños salieron corriendo, Elena se quedó unos instantes en la puerta. La plaza volvió a quedar en silencio, pero presentía que el hombre volvería. Aún no sabía que su próximo encuentro sería mucho más directo y que sería él quien la buscaría.

2.2 El regalo del libro

La mañana había transcurrido lentamente, interrumpida por el ritmo habitual de las clases y el susurro de las páginas que pasaban los dedos pequeños e impacientes. El sol se filtraba por las ventanas, proyectando rayos dorados sobre los desgastados pupitres de madera, y el aroma a tiza se mezclaba con el de papel y tinta. Elena estaba explicando un ejercicio de escritura, encorvada sobre un cuaderno infantil, cuando un sonido externo diferente empezó a insinuarse en el silencio del aula: el paso acompasado de un caballo, el batir regular de cascos sobre los adoquines de la plaza. Se acercaba cada vez más, se hacía más nítido, hasta detenerse justo delante de la puerta de la escuela.

Los murmullos de los niños crecieron rápidamente, un susurro eléctrico que se extendió por el aula. Algunos se inclinaron hacia las ventanas, otros se levantaron un poco para ver mejor. Elena levantó la vista con calma, pero sintió una sutil tensión subirle por la espalda. Dejó la tiza en el borde del escritorio y, sin prisa, se dirigió a la puerta.

Una larga sombra se proyectó sobre el suelo. Entonces, con un chasquido seco de cuero y madera, el pomo giró y la puerta se abrió. Un hombre alto y erguido apareció en el marco, con una chaqueta de tela oscura que le ceñía los anchos hombros y botas altas y ligeramente polvorientas. Su cabello negro, ligeramente ondulado, caía hacia atrás con naturalidad, y sus ojos verdes —de un verde intenso e inusual— se posaron un instante en Elena, como si intentaran fijar en su memoria cada rasgo de su rostro.

En la mano izquierda sostenía un libro envuelto en un ligero pañuelo de lino. Su mano derecha, relajada, colgaba a su costado, pero revelaba la seguridad de alguien acostumbrado a entrar en cualquier lugar sin pedir permiso. Su mirada se dirigió rápidamente a los niños, luego a ella.

—¿Señorita Bardi? —La voz era firme, de tono bajo y redondo, una voz que podía afirmarse fácilmente sin levantar el tono.
—Sí —respondió Elena, y al decir esa sílaba sintió que el silencio en la habitación se hacía más denso.
"Soy Lorenzo Altieri", continuó el hombre. "Mi hermana Caterina va a su escuela".

El nombre cayó como una moneda brillante sobre la mesa de una taberna: reconocible al instante, con un peso inmediato. Elena lo conocía bien, como todos en Valleverde. La familia Altieri no solo era una de las más ricas del valle: también era la más influyente, y el recuerdo de la injusticia sufrida por su padre años atrás se coló, veloz como una cuchilla, en sus pensamientos.

"Pensé que este libro podría interesarte", dijo Lorenzo, dando un paso al frente y dejando el volumen sobre el escritorio. "Es una colección de cuentos de hadas y cuentos populares de las provincias italianas. Algunas historias provienen de nuestra propia región".

Elena bajó la mirada hacia el libro. La cubierta de cuero, desgastada en las esquinas, aún conservaba restos de un fino dorado; el título, grabado en elegantes letras, brillaba tenuemente a la luz que entraba por la ventana. Levantó el volumen con ambas manos, sintiendo el sólido peso de la encuadernación y el tenue aroma a papel viejo que emanaba de los bordes de las páginas.

"No es nuevo", añadió, casi leyéndole el pensamiento, "pero tiene unos preciosos diseños grabados. Y las palabras... creo que a los niños les gustarían".

A su alrededor, pequeños ojos seguían cada gesto. Algunos niños se habían inclinado tanto hacia adelante que parecían estar a punto de levantarse. Elena percibió claramente la curiosidad, pero también la extrañeza, que aquella repentina entrada había traído al aula. En un pueblo como Valleverde, los límites sociales se establecían con reglas no escritas pero precisas, y un regalo de un Altieri a un Bardi, incluso si estaba destinado a la escuela, no era un acto neutral.

—Gracias, señor Altieri —dijo finalmente, intentando mantener un tono amable pero comedido—. Lo leeremos en clase.

Lorenzo inclinó levemente la cabeza, un gesto que no era un saludo formal, sino más bien una señal de asentimiento. Por un instante, algo pareció pasar por sus ojos que Elena no supo definir: quizá aprobación, quizá curiosidad.

"Me alegra oír eso", respondió. "Creo que las historias son un hilo que une a las personas. Y cuanto más lejos estás de casa, más aprendes a comprender su valor".

Sus palabras se detuvieron ahí, sin necesidad de explicación. Retrocedió un paso, se volvió hacia los niños y les dedicó una breve sonrisa apenas perceptible antes de marcharse. El sonido de sus pasos, seguido del constante crujido de los cascos del caballo, se desvaneció hacia el centro de la plaza.

Durante unos segundos, el aula permaneció suspendida en un silencio casi irreal, como si todos contuvieran la respiración. Entonces, inevitablemente, comenzaron los murmullos. Preguntas apagadas, hipótesis susurradas, algunas miradas furtivas a Elena para ver si decía algo más. Simplemente colocó el libro junto a la tiza, sin añadir una sola palabra. Sabía que cualquier comentario tendría el poder de avivar la curiosidad de sus alumnos y, lo más importante, de extenderse al exterior, donde los rumores corrían más rápido que el viento.

Cuando sonó el timbre y los niños se marcharon, el bullicio del aula se extendió por la plaza, listo para fundirse con el mercado. Elena se quedó unos minutos ordenando, mientras la cálida luz de la mañana se filtraba, proyectando reflejos dorados sobre la piel del libro. No podía negar que sentía cierto interés por aquel regalo, pensando que quizás Lorenzo Altieri lo había elegido no solo para la escuela, sino también para ella. Al mismo tiempo, sentía el sutil peso de un gesto que, para quienes observaban desde fuera, podía significar mucho más.

Al salir, apretando el volumen contra el pecho, vio a dos mujeres de pie cerca de la fuente, observándola. Una se inclinó para decirle algo a la otra, quien inmediatamente miró a Elena y luego bajó la mirada con una media sonrisa, de esas que no dejan rastro de si es benévola o malévola. Elena le devolvió la sonrisa con un gesto cortés y siguió a casa, sabiendo que al anochecer toda la plaza sabría del libro, quién lo había traído y quizás incluso cómo lo había dejado en el escritorio de la profesora.

2.3 Un testigo silencioso

El aula aún resonaba con los ecos de la presencia de Lorenzo Altieri. Aunque el libro yacía cerrado y silencioso sobre el escritorio del profesor, parecía emanar un discreto magnetismo, atrayendo la mirada de los niños cada vez que este se giraba. Elena continuó la clase como si nada hubiera pasado, pero percibía claramente que su concentración era más frágil que de costumbre. El recuerdo de aquel hombre, de su entrada, de su voz profunda y su porte seguro, flotaba como una nube de humo en el aire, difícil de disipar.

Decidió no hojear el libro de inmediato. Había algo íntimo, casi solemne, en ese objeto, y quería que el momento de abrirlo transcurriera con calma, quizás un día en que también pudiera contarles a los niños el origen de esas historias. Pero, sobre todo, quería evitar que el gesto se interpretara como una respuesta inmediata a quien lo había donado. En Valleverde, lo sabía bien, cada acción era evaluada y comentada.

La mañana transcurría entre ejercicios de aritmética y dictados. Afuera, el sol de finales de verano calentaba las piedras de la plaza y hacía brillar las tejas rojas de los techos. Cuando sonó la campana de salida, los niños corrieron hacia la puerta, cargando con la energía acumulada durante las horas sentadas en sus pupitres. Sus voces se perdían por las calles del pueblo, mezclándose con las de los vendedores y el lejano llamado de un carretero.

Elena envolvió el libro en un pañuelo de lino, lo guardó con cuidado en su bolso y se dirigió a casa. Al salir a la plaza, vio de inmediato a un pequeño grupo de hombres cerca de la fuente. Entre ellos, destacaba la robusta figura de Giovanni Rinaldi, con la camisa de lino abierta por el cuello y un sombrero de ala ancha que proyectaba una sombra sobre su rostro. Hablaba atentamente con el viejo Massimo, el carretero, y con otro aldeano que Elena no reconoció. Al pasar, Giovanni levantó la vista y, por un instante, sus miradas se cruzaron. No era una mirada neutral: había un destello de ironía, un atisbo de satisfacción, como si supiera algo que ella desconocía. O, peor aún, como si ya hubiera decidido cómo contar la historia de la mañana, a su manera.

Massimo dijo algo en voz baja, y Giovanni sonrió, inclinándose ligeramente hacia él. Elena no necesitaba oír las palabras. En Valleverde, los gestos a menudo hablaban más fuerte que las palabras, y las medias verdades se extendían como la pólvora por la hierba seca.

Continuó su camino sin darse la vuelta, pero sentía el peso de aquellas miradas en la espalda. El camino a casa pasaba por la panadería. La señora Martelli, tras el mostrador, la saludó y le entregó una hogaza de pan envuelta en un paño, con una sonrisa que, aunque cortés, transmitía la curiosidad apenas disimulada de quien quiere preguntar algo pero se contiene por precaución.

Al llegar a casa, encontró a su madre sentada junto a la chimenea, ocupada remendando una camisa. La mujer levantó la vista brevemente y luego volvió a su trabajo. «Me dijeron que el hijo de la condesa vino a visitarte al colegio», dijo, como si comentara sobre el tiempo o el precio del trigo. Elena dejó su bolso sobre la mesa y respondió con calma: «Pasó a traerles un libro a los niños». Nada más. Su madre, sin dejar de coser, respondió: «Aquí, hasta los regalos tienen un precio».

Esas palabras, pronunciadas con aparente naturalidad, dejaron una sombra en la mente de Elena. Sabía que su madre no hablaba con naturalidad. Años de vivir en el pueblo le habían enseñado que cada favor, cada regalo, cada gesto inesperado podía convertirse en moneda de cambio, una deuda sutil que alguien presentaría algún día en el momento oportuno.

Por la tarde, sentada junto a la ventana corrigiendo sus deberes, sus pensamientos se dirigieron repetidamente a Lorenzo Altieri. No podía negar que su presencia la había impresionado: no había nada intrusivo en su comportamiento, pero cada gesto tenía peso, como si estuviera cuidadosamente planeado para dejar huella. Fue una sensación inusual, que la puso en guardia y, al mismo tiempo, despertó en ella una curiosidad difícil de reprimir.

Del patio llegaban las voces de unos niños jugando. De vez en cuando, alguno gritaba un nombre, y entre risas y gritos, Elena creyó oír, confusamente, el apellido «Altieri». No estaba segura de si era producto de su imaginación o si el episodio de la mañana ya se había colado entre los juegos y las charlas infantiles.

Al caer la tarde, salió a buscar agua a la fuente. El cielo estaba cubierto por una ligera neblina, y la silueta de las colinas se perdía en la penumbra. Junto a la fuente, dos mujeres charlaban en voz baja. Al verla acercarse, una de ellas la saludó cortésmente, pero en sus ojos brillaba la misma chispa de curiosidad que había visto en la plaza. Se preguntaban si era cierto, si aquel hombre era realmente el hijo de la condesa, si el libro era simplemente un regalo o una señal de algo más.

Elena regresó a casa con la jarra llena y una sutil sensación de fastidio. No era ira, sino la conciencia de que un simple gesto inocente en su mirada se había convertido en materia de especulación. En un lugar como Valleverde, las historias surgían solas, y a menudo los involucrados tenían poco control sobre su rumbo.

Esa noche, sentada junto a la ventana con el libro en el regazo, Elena por fin lo abrió. Las páginas olían a papel viejo y tinta antigua. Las ilustraciones, grabadas con trazos minuciosos, mostraban castillos, bosques, figuras con atuendos de otra época. Trazó un dibujo con el dedo y pensó que, más allá de los rumores y las suposiciones, ese libro tenía un valor real para la escuela. Lo usaría, pero a su manera, sin prisas, sin darle a nadie la satisfacción de verla actuar bajo presión.

Cerró el volumen, lo envolvió de nuevo en su pañuelo y lo guardó con cuidado. Contempló el valle dormido. A lo lejos, en la colina, las luces de Villa Altieri brillaban como pequeñas estrellas congeladas en la oscuridad. Se preguntó qué estaría haciendo Lorenzo en ese momento, si estaría pensando en esa modesta aula y en la maestra que enseñaba allí, o si el regalo ya se había guardado en su mente como un acto de cortesía.

Solo sabía una cosa: desde ese día, su camino y el del hombre que llevaba ese nombre seguirían cruzándose, y cada vez alguien, en las sombras, estaría listo para observar. Un testigo silencioso, como el libro envuelto en lino, o como aquellos ojos que la habían seguido desde la plaza hasta la puerta de su casa.

Líneas invisibles

3.1 La invitación inesperada

La campana de la iglesia acababa de dar las siete cuando Elena abrió las contraventanas de su ventana. El aire fresco de la mañana traía el aroma a pan recién horneado y el lejano canto de un gallo, mientras la luz dorada se extendía por las colinas y los tejados. Era un comienzo de día como muchos otros, pero había una sutil tensión en el aire, una anticipación que no podía explicar. Desde que Lorenzo Altieri entró en su aula con ese libro, los días parecían tener un tono diferente, como si cada momento fuera el preludio de algo aún por venir.

En la escuela, la mañana transcurrió sin incidentes. Los niños leyeron un pasaje de geografía, dibujaron mapas de las provincias italianas e intentaron ejercicios de escritura. Elena se esforzó por mantener su atención, pero aún percibía en sus ojos esa chispa de curiosidad que no se había apagado desde el día que les había dado el libro. Cada vez que lo dejaba sobre el escritorio, aunque solo fuera para quitarle el polvo, notaba que sus ojos se iluminaban y que inclinaban la cabeza para observar.

Al salir, se detuvo a hablar con la madre de uno de sus alumnos, una mujer menuda y canosa que se quejaba del precio de la harina. Fue entonces cuando notó, por encima del hombro de la mujer, una sombra familiar moviéndose entre la multitud de la plaza. El caballo negro estaba atado cerca de la fuente, y junto a él estaba Lorenzo, con una capa ligera sobre los hombros y un sombrero en la mano. Hablaba con el farmacéutico, pero su mirada se desviaba ocasionalmente hacia la escuela.

Elena sintió un escalofrío, no de frío, sino de una repentina atención. Se despidió de la mujer y, con paso tranquilo, cruzó la plaza. Cuando estuvo lo suficientemente cerca, Lorenzo se giró, como si la hubiera presentido incluso antes de verla.

—Buenos días, señorita Bardi —dijo, con ese tono que siempre parecía mesurado pero capaz de dar en el blanco.
—Buenos días, señor Altieri —respondió ella, intentando no dejar traslucir ninguna emoción en particular.
Inclinó ligeramente la cabeza a modo de saludo y luego añadió: «Me preguntaba si podría robarle algo de su tiempo esta tarde».

La pregunta la tomó por sorpresa. "¿Por qué?", preguntó, con un dejo de desconfianza que no intentó disimular.

"Me gustaría enseñarles los jardines de la villa. No es una visita de placer", explicó. "Tengo una idea para la escuela y creo que podríamos hablar mejor de ella allí, lejos del ruido de la plaza".

Elena dudó. La imagen de ella caminando junto a Lorenzo por los senderos de la villa era, en sí misma, suficiente material para semanas de chismes. Sin embargo, había algo en su voz, y quizás también en la forma en que no intentaba disimular sus intenciones, que la intrigaba.

—No sé si eso sería... apropiado —dijo finalmente.
Lorenzo sonrió, pero no con ironía: fue una sonrisa breve, casi alentadora. «Entonces hagamos esto: considere la invitación no de un Altieri, sino de un hermano agradecido con la maestra de su hermana».

Sus palabras fueron como un hilo que se extendía sobre una zanja. Elena sabía que aceptar significaba exponerse, pero negarse podría parecer una actitud hostil. Y, en el fondo, sentía curiosidad por ver esos jardines de los que había oído hablar desde niña.

—De acuerdo —dijo finalmente—. Pero solo para hablar de la escuela.
"Por supuesto", respondió, y en ese momento ella notó una luz particular en sus ojos, un brillo que no era simple cortesía.

Quedaron en verse por la tarde, cuando el sol comenzaba a ponerse. Elena regresó a casa con la mente llena de pensamientos contradictorios. Su madre la encontró más callada que de costumbre, y cuando le preguntó por qué, simplemente dijo que tenía un compromiso escolar importante. La mujer no dijo nada, pero su mirada delataba que entendía más de lo que Elena quería admitir.

Por la tarde, Elena se vistió con cuidado, eligiendo un sencillo vestido color crema y un chal verde oscuro. No quería dar la impresión de haberse preparado demasiado, pero tampoco quería parecer descuidada. Al mirarse al espejo, se preguntó si estaría cometiendo un error. Sin embargo, una parte de ella sentía que ese paso era inevitable, como si el camino ya estuviera trazado desde el momento en que Lorenzo dejó ese libro sobre su escritorio.

Llegó a la villa a la hora acordada. La verja de hierro forjado estaba abierta y un sirviente la invitó a entrar. El camino principal estaba bordeado de tilos y setos de boj perfectamente podados, y más allá, vislumbró parterres geométricos adornados con estatuas de mármol. El aroma a rosas y lavanda se mezclaba con el aire fresco que bajaba de las colinas.

Lorenzo la esperaba al pie de la escalera, sin capa, con camisa blanca y chaleco oscuro. Le hizo una ligera reverencia. «Bienvenida a Valleverde... la parte que no se ve desde la plaza», dijo, con un dejo de ironía que no era burla, sino consciencia.

Caminaron por los senderos de grava, y Lorenzo le mostró la variedad de plantas, los rincones con las mejores vistas del valle, y finalmente la condujo a una pérgola de glicinas que filtraba la luz en mil tonos de lila y verde. Se sentaron en un banco de hierro forjado.

"Pensé que parte de estos jardines podría ser utilizada por los niños de la escuela", dijo Lorenzo. "Un lugar donde podrían aprender a cultivar, conocer las plantas y pasar tiempo al aire libre. También sería una forma de acercar la villa al pueblo".

Elena escuchó, sorprendida por la propuesta. La idea era buena, pero sabía que la recepción en el pueblo sería tibia, por no decir hostil. «Sabes bien que mucha gente ve con malos ojos los vínculos entre la villa y los aldeanos», observó.
—Lo sé —respondió—. Pero alguien tiene que empezar a cambiar las cosas.

Sus palabras flotaban en el aire, junto con el dulce aroma de la glicina. Elena comprendió que, fuera cual fuera el resultado de aquella iniciativa, aquella reunión marcaba el inicio de algo que iría más allá de la escuela y los jardines.

3.2 Primer vistazo al mundo de los nobles

Elena nunca había cruzado la puerta principal de Villa Altieri. De niña, la observaba desde lejos: un imponente edificio de piedra pálida con un amplio tejado y ventanas enmarcadas por contraventanas verde oscuro. Vista desde la plaza, la villa parecía casi irreal, una arquitectura perteneciente a un mundo paralelo, separada del resto del pueblo no solo por la distancia, sino por esa frontera invisible de las convenciones sociales. Ahora, subiendo los pocos escalones que conducían a la puerta principal, oyó cómo el sonido de la grava se desvanecía tras ella y sus pasos se volvían más inseguros.

La puerta se abrió sin que ella la tocara: un sirviente con librea oscura la hizo pasar, con expresión cortés pero distante, la expresión de alguien acostumbrado a evaluar discretamente a cada huésped. El aire interior era fresco, con aroma a cera y madera antigua. El suelo de mármol pulido reflejaba la luz que entraba a raudales por los amplios ventanales, y el alto techo, adornado con delicado estuco, amplificaba cada sonido.

Lorenzo la esperaba en el espacioso vestíbulo, con un atuendo más formal que la tarde anterior: chaqueta oscura, chaleco gris claro y una corbata de seda elegantemente anudada . Al verla, se dirigió hacia ella con paso seguro.
—Bienvenida, señorita Bardi —dijo, en un tono que, aunque respetuoso, dejaba entrever una nota de satisfacción.
Elena asintió y miró a su alrededor. La habitación estaba presidida por un gran retrato al óleo de un hombre uniformado, con un bigote poblado y mirada orgullosa: el padre de Lorenzo, supuso. Las paredes estaban cubiertas de estanterías llenas de libros encuadernados en cuero, una serie de sillas talladas y alfombras persas de tonos cálidos. Era un mundo diseñado para transmitir solidez, riqueza y continuidad.

"Me gustaría enseñarte algo", dijo Lorenzo, invitándola a seguirlo por un amplio pasillo, donde cada paso se acompañaba del suave crujido del parqué. Pasaron por habitaciones cuidadosamente amuebladas: una sala de música con un piano de cola negro brillante, una biblioteca con estanterías que llegaban hasta el techo y una larga mesa de comedor puesta únicamente con candelabros de plata y un jarrón de rosas frescas.

Elena se sintió como una extraña, como si recorriera las salas de un museo. Había belleza, sin duda, pero también una sutil frialdad, la conciencia de que todo se regía por un orden preciso, por un conjunto de reglas tácitas que desconocía.

Al llegar a una pequeña sala de estar con grandes ventanales que daban a los jardines, Lorenzo se detuvo. En la mesa de centro, un maletín de cuero abierto revelaba mapas y dibujos.
"Estos son los proyectos de los que les hablaba ayer", dijo, señalándolos. "Mi padre los mandó diseñar hace años, pero nunca los construyó. Pensé en adaptarlos para crear un espacio dedicado a la educación infantil".

Elena se inclinó sobre las hojas de papel. Había bocetos de un pequeño jardín botánico, planos con senderos y parterres dispuestos en formas geométricas, e incluso una pérgola dibujada en una esquina, con bancos a la sombra. Imaginó a sus alumnos caminando entre esas plantas, aprendiendo los nombres de las especies, oliendo flores que antes solo habían visto en los libros.

"Es una idea ambiciosa", dijo, levantándose. "Y muy generosa. Pero sabe muy bien que no todos la verían así".
Lorenzo la miró fijamente a los ojos. «No me interesa la aprobación fácil. Me interesa hacer algo significativo, y creo que tú puedes ayudarme a conseguirlo».

Esas palabras, dichas con calma, cargaban con el peso de un compromiso. Elena sintió una mezcla de orgullo y miedo: involucrarse en un proyecto así significaba exponerse aún más al escrutinio y juicio del pueblo. Pero en el fondo, sabía que era exactamente el tipo de iniciativa que quería apoyar.

Fue entonces cuando un ruido suave, casi imperceptible, la hizo girar la cabeza. Una mujer los observaba desde la puerta de la sala. Llevaba un vestido oscuro impecablemente confeccionado, su cabello blanco recogido en un moño perfecto, y su expresión no delataba ninguna emoción inmediata. Sus penetrantes ojos grises se posaron primero en Elena y luego en Lorenzo.

—Mamá —dijo Lorenzo, en tono respetuoso pero firme—, le presento a la señorita Elena Bardi, maestra del colegio Valleverde.

La condesa Bianca Altieri entró lentamente en la habitación. Su mirada sobre Elena era serena y mesurada, como la de quien evalúa un objeto cuyo valor aún desconoce.
—Maestra —dijo finalmente—. Es raro que una mujer tan comprometida como usted tenga tiempo para visitar la villa.

El tono no era abiertamente hostil, pero tampoco cálido. Era una declaración fría, un sutil recordatorio de que su presencia allí era, para la Condesa, una excepción que debía observarse con atención.

—Fue su hijo quien me invitó, condesa —respondió Elena con voz firme—. Para hablarme de un proyecto escolar.
"Un proyecto..." repitió la mujer, como si saboreara la palabra. "Será interesante ver cuánto puede beneficiar a ambas partes una colaboración".

No añadió nada más, pero el mensaje era claro: cada paso sería examinado, cada gesto interpretado. Luego, con un gesto apenas perceptible, se dio la vuelta y se marchó, dejando tras sí un rastro de ligero perfume y la impresión de que esta breve aparición fue solo un primer aviso.

Lorenzo suspiró levemente. «Mi madre no se opone al cambio, pero quiere que todo suceda según sus reglas», dijo.

Elena asintió, pero sabía que se quedaba corta. Había visto lo suficiente en esos ojos para saber que la Condesa Blanca sería un obstáculo silencioso pero constante.

Volvió a mirar los dibujos sobre la mesa. Eran hermosos, inspiradores. Pero ahora también parecían frágiles, como un sueño que podía hacerse añicos con un simple gesto de desaprobación.

"No sé si será fácil", dijo en voz baja, "pero si este proyecto puede aportar algo a los niños, entonces intentaré ayudar". Lorenzo le sonrió, y en esa sonrisa había un sincero agradecimiento. —Así que no estamos solos, señorita Bardi.

Elena comprendió que aquella frase no se refería sólo a jardines.

3.3 La madre observa

Elena salió de la villa al caer la tarde, cuando el sol ya se ponía tras las colinas y las sombras de los cipreses se extendían sobre el camino de grava. El dulce aroma a glicinas y rosas la acompañó hasta la verja, pero una parte de ella aún sentía la mirada de la condesa Bianca, como si la mujer se hubiera quedado en algún rincón del jardín, siguiéndola con la mirada.

El breve encuentro en la sala, apenas un saludo formal, bastó para hacerle comprender que esa figura elegante y severa no era solo la madre de Lorenzo, sino una presencia capaz de influir en cada decisión de la villa. No hicieron falta palabras duras: el tono mesurado y los silencios calculados bastaron para transmitir un mensaje claro.

Mientras caminaba a casa, Elena recordó la conversación que había tenido con Lorenzo inmediatamente después de la partida de la condesa. Había cierta ligereza en su tono, como si quisiera minimizar la tensión, pero ella percibió una comprensión diferente en sus ojos. Como si supiera que ese encuentro, por breve que fuera, había marcado el comienzo de un examen silencioso al que su madre la sometería.

Al llegar a casa, encontró a su madre tendiendo la ropa limpia en el patio. El olor a jabón se mezclaba con el de la tierra húmeda.
"Hoy regresaste tarde", comentó la mujer, sin dejar de colgar la ropa.
—Tuve una reunión importante —respondió Elena, intentando darle a su voz una calma natural.
Su madre la miró un momento, como si considerara si debía hacerle más preguntas. Finalmente, simplemente dijo: «Espero que sepas lo que haces».

Esa noche, durante la cena, Elena se encontró mirando distraídamente la llama de la lámpara de queroseno. Recordó cómo la condesa había pronunciado la palabra «proyecto», como si fuera un término suspendido entre el interés y la sospecha. Había en esa mujer un control absoluto de los gestos y las palabras, y una lucidez que Elena encontraba fascinante y perturbadora a la vez.

En los días siguientes, la vida en el pueblo volvió a su ritmo habitual, pero Elena empezó a notar pequeñas señales. En la fuente, dos mujeres interrumpieron su conversación cuando se acercó. En la panadería, el Sr. Martelli la saludó cordialmente, pero con una mirada que se demoró más de lo habitual. En la escuela, algunos niños llegaron con frases que sus padres les contaron: «Mi madre dice que la villa será nuestro huerto», «Mi padre dijo que no nos fiáramos de los caballeros».

Estaba claro que la noticia del proyecto ya se había extendido más allá de los muros de la villa y que alguien (quizás el propio Lorenzo, o quizás otros) había filtrado suficientes detalles como para provocar comentarios.

Al tercer día, mientras corregía una tarea bajo la cálida luz de la tarde, una sombra se proyectó en la puerta del aula. Levantó la vista y vio a la mismísima condesa Bianca, acompañada de una sirvienta. Llevaba un vestido de seda oscura y un sombrero ancho adornado con un velo fino.
—Buenas tardes, señorita Bardi —dijo con una voz que no tenía nada de apresurada.
—Buenas tardes, condesa —respondió Elena poniéndose de pie.

La mujer entró unos pasos, examinando las paredes, los escritorios, el escritorio del profesor. Parecía estudiar cada detalle, como si intentara comprender ese pequeño mundo que su hijo había decidido explorar.
—Pensé —dijo finalmente— que sería correcto venir a conocer en persona a la maestra de mi hija.

Se sentó en una de las sillas libres y el criado permaneció junto a la puerta, inmóvil como una estatua.
"He oído hablar del proyecto del jardín", continuó la Condesa. "Es una iniciativa... interesante. Pero requiere cautela. No quiero que el ayuntamiento malinterprete ciertas ideas".

Elena escuchó atentamente, midiendo sus palabras.

—La educación siempre es buena idea, Condesa. Y si puede acercar a los niños a la naturaleza y al conocimiento, creo que vale la pena intentarlo.
La mujer sonrió levemente, pero no era una sonrisa de aprobación. «El valor de una idea no reside solo en lo que ofrece, sino en cómo se percibe. En esto, la percepción cuenta tanto como la realidad».

Guardó silencio un momento, dejando la frase en el aire. Luego se levantó y el sirviente le abrió la puerta.
—Espero que nuestra colaboración sea fructífera, señorita Bardi —concluyó, en un tono que parecía más una advertencia que un deseo.

Al cerrarse la puerta, la habitación parecía más pequeña y el aire más denso. Elena se quedó inmóvil unos segundos, preguntándose si aquel encuentro había sido un gesto de cortesía o el primer paso para establecer límites invisibles.

Esa noche le costó conciliar el sueño. Las palabras de la condesa seguían resonando en su mente, junto con el recuerdo de sus tranquilos e impenetrables ojos grises. Tenía la sensación de que la mujer no estaba allí simplemente para observar, sino para entender cómo proceder. Y si la condesa Bianca decidía actuar, lo haría con una estrategia clara y, probablemente, implacable.

IV

Sombras y aliados

4.1 Sofía y las palabras de coraje

Al día siguiente de la visita de la Condesa, el aula de Elena parecía más fría, a pesar del sol de principios de otoño que se filtraba cálidamente por las ventanas. No era solo una impresión: la sensación de estar bajo observación no la había abandonado en toda la noche, y esa mañana la había seguido hasta clase. Los niños trabajaban en silencio, tomando dictados, y el tintineo de los bolígrafos sobre los cuadernos se mezclaba con el roce de su falda al pasar entre los pupitres. En cierto momento, levantó la vista y notó que, entre la plaza y el aula, la puerta entreabierta dejaba ver una sombra que pasaba lentamente:

un granjero que se detenía demasiado tiempo, un curioso que, quizá sin malicia, se tomaba el tiempo de mirar dentro.

Cuando sonó el timbre y los niños salieron corriendo, Elena se detuvo un momento para ordenar sus cuadernos, intentando calmar sus pensamientos. Sabía que debía mantener el control, no solo por ella misma, sino por el bien de la escuela. Justo cuando guardaba el último fajo de papeles, oyó un suave golpe en la puerta.

—¿Puedo? —La voz era alegre y familiar, y fue suficiente para romper la tensión.
Era Sofía Bellandi, con las mejillas enrojecidas por el viento y el cabello rubio recogido en una trenza suelta que le caía sobre el hombro. Llevaba una cesta cubierta con un paño.
—Te traje unas focaccias de mi madre. Dijo que hoy te quedaron especialmente bien, y creo que también quería que te acompañaras —dijo, entrando sin esperar respuesta.

Elena le sonrió y la invitó a sentarse. Sofía colocó la cesta sobre el escritorio, quitándole el mantel: un aroma cálido y fragante llenó la habitación al instante.
—¿Y qué tal te fue con la gran condesa? —preguntó Sofía, con ese tono que mezclaba curiosidad y un dejo de ironía.

Elena relató brevemente la visita, intentando ceñirse a los hechos. Pero al describir la frase de la condesa: «El valor de una idea no reside solo en lo que ofrece, sino en cómo se percibe», se dio cuenta de que también había reproducido con precisión la cadencia y el peso de esas palabras.

Sofía negó con la cabeza. "Es la forma educada de decir: 'Cuidado con el paso, porque yo te estoy observando'".

—Lo sé —admitió Elena—. Y eso es precisamente lo que me preocupa. El proyecto del jardín es bueno, pero…
—Pero es un puente entre dos mundos que no quieren tocarse aquí —completó Sofía—. Y tú, amiga mía, estás en el medio.

Permanecieron en silencio un momento, mordisqueando pan focaccia. Los sonidos de la plaza se filtraban amortiguados por las ventanas: el arrastrar de pasos, el parloteo de los vendedores, alguna risita ocasional.
"¿Sabes lo que pienso?", continuó Sofía. "Que si el proyecto es bueno, no puedes dejar que el miedo te frene. Siempre habrá gente que te menosprecie, pero estás aquí para enseñar a los niños, no para complacer a todos".

Elena se recostó en su silla. Esas palabras sencillas y directas eran justo lo que necesitaba.
"Desearía tener tu confianza", dijo, casi para sí mismo.
"No es confianza", replicó Sofía. "Es que he dejado de esperar la aprobación de los demás. Y tú también deberías".

Hablaron largo y tendido sobre la escuela, sobre el pueblo, sobre cómo los rumores se extendían rápidamente por las calles de Valleverde. Antes de irse, Sofía se levantó, le tomó las manos y la miró fijamente a los ojos.
—Prométeme que no te rendirás. Si te rindes ahora, será como darles la razón a quienes quieren mantenerte en tu lugar.
Elena asintió.
-Prometo.

Cuando Sofía se fue, el aula parecía más luminosa. No porque la luz hubiera cambiado, sino porque un pequeño fuego se había encendido en su interior.

4.2 La advertencia de Don Ernesto

El domingo por la mañana, el pueblo tenía un aire diferente. Incluso quienes no habían pisado la iglesia podían leer la hora por las campanas y el susurro más mesurado de los pasos en la plaza. Elena cruzó la plaza, con la cabeza cubierta por un chal oscuro y un paso mesurado; no solía faltar a misa, no por rigor, sino por una silenciosa pertenencia a lo que marcaba la vida de Valleverde. Esa mañana, sin embargo, sintió algo más de lo habitual sobre sus hombros: el peso de las palabras de Sofía, la presencia vigilante de la Condesa, el nombre de Lorenzo flotando como un eco apenas audible.

La iglesia estaba fresca y olía a cera y madera antigua. Los bancos crujieron suavemente al tomar asiento; las mujeres intercambiaron breves asentimientos, los hombres tosieron con los puños apretados. Elena se sentó a mitad del pasillo, junto a una madre con dos hijos que ya luchaban por no moverse. Sintió un ligero toque en el hombro: era Caterina, la hermana menor de Lorenzo, quien sonrió tímidamente antes de sentarse con la familia. Más adelante, a la izquierda, reconoció el perfil afilado de la condesa Bianca, inmóvil como un icono, con su velo oscuro enmarcando su rostro.

Don Ernesto subió al altar con su habitual paso pensativo. Su voz, al comenzar su homilía, llenó la nave sin elevarse demasiado. Habló de la vid y los sarmientos —una imagen querida por el pueblo— y de la poda necesaria para que el fruto madure bien. Luego, poco a poco, la parábola se convirtió en una advertencia. Dijo que toda comunidad, para mantenerse unida, debe ser capaz de reconocer sus propios límites, que la caridad no es confusión y que la prudencia es una virtud tan importante como la generosidad. «No toda innovación es buena si crea escándalo; no todo gesto es puro si despierta envidia y discordia», concluyó, dejando que la última palabra se deslizara entre los bancos como un cuchillo envuelto en terciopelo.

Elena escuchó con expresión serena, pero sintió que sus frases se arraigaban como semillas en tierra fresca. No mencionó nombres; no hacía falta. En Valleverde, la gente sabía que no debía leer libros. Cuando terminó la misa y el primer coro de saludos se elevó hacia la puerta, Elena se sentó un momento, como si quisiera que el bullicio se calmara. Luego se levantó, se santiguó y salió a la luz brillante.

Ni siquiera había tenido tiempo de cruzar el umbral cuando Don Ernesto estaba a su lado, con el rostro relajado y las manos entrelazadas sobre el estómago. «Señorita Bardi, un momento, si no le importa». No le importaba, pero habría preferido un momento menos visible. Se movieron bajo el pórtico, a la cálida sombra.

"Me enteré del proyecto en la villa", dijo el párroco. "Una buena iniciativa, en teoría". Hizo una pausa; su mirada era cortés, pero no indulgente. "Y, sin embargo, verás, el papel no es el país. Hay hombres y mujeres allí, costumbres antiguas, fragilidades. Se necesita moderación, hija mía".

Elena asintió. «La moderación es parte de mi trabajo. No pretendo obligar a nadie. Solo quiero ofrecerles a los niños un lugar donde aprender».

"Aprender, claro", continuó con una breve sonrisa. "Pero aprender qué y con quién. La gente habla, ¿sabes? A veces basta un gesto para que la lengua se escape más rápido que el pensamiento. Un libro, una visita, una invitación a los jardines… Eres joven y bueno en lo que haces. No dejes que un malentendido arruine tu camino”.

—No hay nada que malinterpretar —respondió Elena, con más firmeza de la que esperaba—. La escuela es mi vida. No tengo otros intereses.

El párroco la miró con un dejo de ternura, o quizás de misericordia. «El mundo no siempre cree en la pureza de corazón cuando los apellidos son tan diferentes». Su voz se fue apagando, dejándola caer al suelo como una piedra. Luego bajó la voz. «Recuerda: a veces rendirse es señal de fortaleza, no de debilidad».

Una brisa soplaba entre los cipreses del cementerio, trayendo consigo el aroma a incienso que aún persistía. Elena les dio las gracias y se despidió sin prometer nada. Cruzó la plaza con la cabeza ligeramente gacha, no por vergüenza, sino para proteger el tenue hilo de calma que intentaba tejer en su interior. Las voces de los aldeanos, a veces, parecían clavarse en su espalda como agujas: «El maestro... la villa... el hijo de la condesa...». No había malicia manifiesta, solo esa curiosidad ingenua que los aldeanos confunden con interés colectivo.

En casa, su madre limpiaba judías verdes en una palangana de zinc. «El cura te habló», dijo sin levantar la vista, como si hubiera presenciado la escena. «Dice que quiere protegerte. Es su trabajo». Elena dejó el chal, se sentó junto a la mesa, cogió una judía verde y la partió nerviosamente. «Dijo que a veces rendirse es señal de fuerza». Su madre emitió un sonido a medio camino entre un suspiro y un cloqueo. «Quienes tienen mucho piden a otros que renuncien. Es una vieja costumbre».

Por la tarde, Elena decidió visitar a dos familias cuyos hijos tenían dificultades con la lectura. Llevó consigo cartillas desgastadas y un cuaderno limpio. La primera casa era baja y fresca, con olor a pan y ceniza. La madre recibió a la maestra con sincera gratitud, le ofreció un plato de higos y le prometió que el niño leería en voz alta todas las noches. La segunda familia fue más circunspecta. El hombre, de manos enormes y ojos oscuros, se quedó en la puerta mientras Elena explicaba los ejercicios; asintió, pero su mirada de vez en cuando se desviaba hacia la calle, como si temiera que alguien los viera hablar demasiado tiempo. "He oído que van a plantar un huerto para los niños en la villa", dijo finalmente, rascándose la nuca. "Mi mujer dice que es precioso. Mi padre habría dicho que es una forma de hacernos creer que somos iguales". Elena mantuvo la mirada fija en él. "No somos iguales. Pero los niños tienen derecho a aprender, dondequiera que crezca una planta y haya una página para leer". El hombre no respondió; Se quitó la gorra y la retorció entre los dedos. «La gente murmura, pero mi hijo vendrá, si tú lo dices bien». Era a la vez una promesa y un mandato: la responsabilidad de un sí que pesaba más que un no.

Cuando la luz empezó a tornarse dorada, Elena volvió a entrar por la iglesia. La puerta lateral estaba abierta; dentro, el aire era fresco, la nave casi vacía. Don Ernesto estaba arrodillado en el primer banco, recitando en voz baja. La vio y asintió. "¿Volverás a la villa?", preguntó sin preámbulos. "Sí", respondió Elena. "Hablaré con Lorenzo sobre el horario, los grupos, cómo mantener informado al pueblo. Quiero que todo quede claro". El párroco asintió lentamente. "La transparencia ayuda. Sin embargo, a veces, cuanto más muestras tu mano, más se imaginan los demás cartas ocultas. No te lo digo para asustarte; te lo digo para que no te encuentres con la ingenuidad". "No soy ingenua", dijo Elena, con una nueva calma. "Vi los ojos de la Condesa. Reconozco un límite cuando me topo con él". Don Ernesto sonrió suavemente. "Así que somos dos los que sabemos que las fronteras no siempre son muros: a veces son cuerdas elásticas que te tiran hacia atrás justo cuando crees que las has cruzado".

Salió de la iglesia mientras el cielo se tornaba rosado y una nube de golondrinas volaba en círculos sobre el campanario. De camino a casa, Elena recordó las palabras que había oído: moderación, escándalo, renuncia, límites. Las revolvió como canicas en su bolsillo, escuchando el sonido. Entonces, casi sin darse cuenta, recordó a los niños en los parterres, los nombres de las plantas que se pronunciaban en voz alta, la primera vez que uno de ellos sería capaz de distinguir el romero del tomillo y el laurel de la salvia. Parecía pequeño y, sin embargo, inmenso, como todas las victorias que nadie aplaude.

Esa noche, escribió una carta. La leyó dos veces, puliendo los verbos y eliminando los adverbios. Era para don Ernesto. Le agradeció su preocupación y franqueza; le informó del proyecto con precisión: horarios, grupos reducidos, la presencia de un adulto de la parroquia si lo deseaba, fechas de apertura en el pueblo. No pidió permiso —la escuela no debía pedirlo—, pero ofreció su cooperación. Fue su respuesta a la palabra prudencia: no una retirada, sino un paso adelante, dado con firmeza.

A la mañana siguiente, antes de ir a la escuela, dejó el sobre en el buzón de la rectoría. El sacerdote la interceptó cuando estaba a punto de irse. «Entonces ya te has decidido», dijo con un destello de ironía en la mirada. «He decidido que la única manera de evitar que los rumores nos abrumen es darles muy poco espacio para que circulen», respondió. «Si quieren hablar, que hablen. Mientras tanto, trabajaremos».

En la escuela, llevó el libro de cuentos al escritorio y, por primera vez, lo abrió delante de los niños. «Hoy leemos un cuento de nuestras colinas», dijo. Las ilustraciones cautivaron a la sala; su voz subía y bajaba, encontrando el ritmo que acompañaba la respiración del oyente. Al cerrar el libro, se hizo un silencio inusual y absoluto que no tenía nada que ver con el miedo: era una atención satisfecha. Elena levantó la vista y vio la sonrisa de Caterina: en esa sonrisa, un hilo que unía la escuela con la villa, los Altieri con los Bardi, no en un abrazo forzado, sino en un gesto simple, casi natural.

A media mañana, llegó una hoja doblada, entregada por un monaguillo. Era la respuesta de don Ernesto: unas líneas pulcras, una caligrafía paciente. Dijo que apreciaba la claridad, que enviaría a una mujer de la cofradía de forma rotatoria para supervisar los grupos, y que él mismo pasaría de vez en cuando. «Así veré con mis propios ojos y no con mis oídos», concluyó. Elena sonrió. Era un compromiso honesto: la moderación se convirtió en presencia, no en moderación.

En el umbral, mientras los niños salían al recreo, vio a Giovanni Rinaldi de pie junto a la fuente, con los brazos cruzados. Le dedicó un gesto que no era un saludo, sino una promesa de obstáculos. Elena no apartó la mirada, y por un instante la plaza pareció contener la respiración. Fue entonces cuando, a sus espaldas, una vocecita interrumpió el hilo: «Maestra, ¿volvemos a leer mañana?». Era un niño que tiraba de su manga, con sus grandes ojos ya hambrientos de otra página. «Sí», dijo ella, sin volverse hacia Giovanni. «Mañana volveremos a leer».

Al caer la tarde sobre el valle y alumbrar la silueta de la villa con una tenue luz, Elena fue a la rectoría para un último intercambio con el párroco. Encontraron palabras rápidas y concretas: calendarios, turnos, un pequeño aviso para leer en la misa, un cartel en la entrada del colegio para informar a las familias. «Así nadie podrá decir que no sabe», dijo. «Así alguien dejará de inventar», añadió. Antes de irse, Don Ernesto inclinó la cabeza. «Si alguna vez se encuentran en apuros, acudan a mí. La prudencia no siempre exige renuncia; a veces requiere aliados».

Al marcharse, Elena sintió que la advertencia del día anterior se transformaba en un guardián benévolo. No le prometía protección incondicional, sino una red de realidad: presencia, ojos que ven, manos que señalan. Recordó aquella frase sobre rendirse como señal de fortaleza y comprendió que, a su manera, había obedecido al espíritu, no a la letra: había renunciado a la tentación de esconderse. Había elegido exponerse metódicamente, no por desafío, sino por respeto a su trabajo.

De camino a casa, pasó el río. El agua fluía lenta, obstinadamente, alisando pacientemente las piedras. Se le ocurrió que la valentía se asemeja a esa corriente: no a un rugido, sino a una continuidad. Se permitió una pequeña sonrisa y sintió que la palabra escándalo —tan temida, tan a menudo sugerida— había perdido un diente. Había habido una advertencia, sí; pero también había, ahora, un camino. Y ella, paso a paso, lo seguiría.

4.3 El ojo de Juan

La mañana estaba despejada, con un cielo que parecía diseñado para engañar a los valleverdeños haciéndoles creer que el otoño sería largo y templado. Elena, envuelta en su chal oscuro, cruzaba la plaza camino a la escuela. Sus pasos resonaban suavemente sobre el empedrado, acompañados por el sonido constante de la fuente del centro. No había multitudes a esa hora: solo algunos tenderos abriendo sus persianas, dos agricultores discutiendo los precios del grano y un perro dormitando a la sombra de una carreta. Pero sabía que, incluso en esa aparente calma, había muchos ojos siguiéndola.

Los sintió antes de verlos: esas miradas silenciosas que no buscaban el contacto directo, sino que se insinuaban en los límites de su percepción. Se giró ligeramente y lo vio. Giovanni Rinaldi estaba apoyado contra la pared de la posada, con los brazos cruzados sobre el pecho y la mirada fija en ella. No había nada abiertamente hostil en su rostro, pero Elena sintió una tensión recorrerle la espalda. Giovanni no era un desconocido: de niños habían jugado juntos, pero al crecer, sus caminos se habían separado. Y cuando él intentó cortejarla, años atrás, su rotunda negativa había dejado una cicatriz en el orgullo del joven.

Ahora, la atención que le dedicaba no era la de un viejo amigo. Era la observación calculada de alguien que esperaba la oportunidad adecuada para actuar. Elena desvió la mirada y continuó hacia la escuela, pero la sensación de ser seguida la acompañó hasta la puerta del aula.

Las clases transcurrieron con normalidad, pero con una sensación latente de inquietud que Elena intentó disimular. Los niños, ajenos a la tensión, se dedicaron con entusiasmo a un ejercicio de lectura. Solo Caterina, la hermana de Lorenzo, la miró con curiosidad, como si percibiera que algo la distraía.

Al salir, Elena se detuvo a hablar con un padre que le pedía consejo sobre cómo ayudar a su hijo con la escritura. Mientras hablaba, vislumbró la figura de Giovanni por encima del hombro del hombre, de pie en medio de la plaza, aparentemente conversando con otros dos hombres. Pero la forma en que la miraba de vez en cuando delataba el verdadero motivo de su presencia.

Esa tarde, mientras regresaba a casa con una cesta de verduras del mercado, se lo encontró de nuevo. Esta vez, él la detuvo.
—Buenas tardes, Elena —dijo con una sonrisa que no llegó a sus ojos.
—Buenas tardes, Giovanni —respondió ella manteniendo un tono neutral.
—He oído que te has hecho amiga de la familia Altieri —continuó, inclinando ligeramente la cabeza—. Debe ser una gran satisfacción para una profesora.

Elena percibió la provocación escondida bajo la aparente cortesía.
"Me regalaron un libro para la escuela", respondió. "Solo por eso, ya no parece una 'amistad'".
—Quizás no. Pero ya sabes cómo es, aquí en Valleverde, las palabras se extienden más que las sombras —dijo bajando la voz—. Y a veces, cuando se extienden demasiado, tapan lo bueno.

Ella lo miró directamente a los ojos. «Si tienes algo que decir, dilo con claridad».
Giovanni sonrió, pero había dureza en su expresión. «Solo digo que ciertas atenciones pueden dañar la reputación. Y la tuya, Elena, siempre ha sido limpia. Sería una pena arruinarla».

Se despidieron así, con palabras que parecían una advertencia disfrazada de preocupación. Pero mientras él se alejaba, Elena tuvo la certeza de que Giovanni ya estaba tramando algo. No era de los que se limitaban a observar: siempre encontraba la manera de sembrar dudas, distorsionar los hechos y empujar a otros a ver escándalo donde no lo había.

En los días siguientes, empezaron a surgir pruebas de sus actividades. Una madre fue a la escuela a preguntarle si era cierto que se saltaba clases para ir a la villa. Un vendedor de pan, que solía hacerle descuento, ese día le cobró la entrada completa y le dijo, con una media sonrisa, que «estar en ciertos ambientes cambia a las personas».

Elena se dio cuenta de que la red de rumores se estaba estrechando. No podía demostrar que Giovanni fuera el titiritero, pero su puntualidad y su constante presencia en los lugares de chismes no dejaban lugar a dudas. Su estrategia era sutil: no acusaciones directas, sino insinuaciones, frases a medias y preguntas improvisadas.

Una noche, al volver a casa, lo vio hablando con Don Ernesto fuera de la rectoría. Al pasar, solo captó unas palabras: «Debemos proteger a la comunidad... evitar los malos ejemplos». No se detuvo, pero esas palabras se le quedaron grabadas en la mente. Giovanni buscaba aliados, y si conseguía convencer al párroco, su posición se complicaría mucho más.

Elena sabía que no podía confrontar a Giovanni abiertamente sin parecer defensiva. En cambio, decidió concentrarse en su trabajo, en ser impecable en sus clases y en sus visitas familiares. Cada sonrisa a los niños, cada palabra de aliento a los padres era una respuesta silenciosa a las insinuaciones. Pero por dentro, la tensión crecía.

Esa tensión llegó a su punto álgido un sábado por la mañana, cuando, caminando por la plaza, vio a Giovanni con dos hombres a los que no reconoció. Hablaban en voz baja, pero los gestos de Giovanni —con los brazos extendidos y el dedo señalando hacia la escuela— eran suficientes. No notó su presencia hasta que estuvo a unos pasos de distancia. Entonces, como si nada hubiera pasado, la saludó cordialmente, pero su sonrisa era como un cuchillo.

Elena asintió y continuó, pero se dio cuenta de que la sombra de Giovanni se cernía sobre su vida más de lo que quería admitir. No eran solo palabras: era el juego de poder en un país donde la opinión colectiva podía ser más afilada que cualquier espada.

Al cerrar la puerta tras ella, decidió que tenía que hablar con Lorenzo. Pero también sabía que hacerlo solo lo involucraría más en una guerra silenciosa, que, quizás, era justo lo que la condesa y hombres como Giovanni querían: ponerlos a ambos en la tesitura de tener que justificarse.

V

Confesiones entre las filas

5.1 Paseo entre los viñedos

La tarde era del color de la miel calentada por el sol. El aire, cálido y limpio, traía consigo el aroma de las uvas maduras, y de las colinas llegaba un suave zumbido de cigarras que parecía el mismísimo aliento de Valleverde. Elena recorría el sendero entre las hileras con paso cauteloso, con el chal anudado sobre los hombros y un sombrero claro ligeramente levantado sobre la frente. No era la primera vez que pasaba por allí —los altieris permitían a los agricultores pasar los días sin cosecha—, pero esta vez sintió la tierra bajo sus pies con más vida, como si cada piedra albergara una pregunta.

Lorenzo la esperaba a la sombra de un morera, con su caballo atado a la cerca. No llevaba el atuendo formal de la villa, sino una chaqueta clara y un chaleco oscuro, con la camisa ligeramente abierta; la combinación lo hacía parecer más joven, más cercano. Al verla, se apartó del árbol, y ese primer momento en que sus miradas se cruzaron fue una armonía sutil, casi imperceptible, como la afinación de dos instrumentos antes de un concierto.

—Gracias por venir —dijo con una sencillez que Elena apreció más que cualquier cumplido. Ella asintió, conteniendo la formalidad que le subió a los labios como un reflejo—. Necesitaba un poco de aire fresco —respondió él, y se dio cuenta de que era una verdad a medias: el aire tenía algo que ver, pero aún más el deseo de entender quién era ese hombre más allá de su apellido.

Caminaron entre las hileras. Las uvas colgaban en racimos tensos, el azul profundo, casi negro, de algunas variedades contrastaba con el verde suave de las hojas. Elena rozó una parra con las yemas de los dedos; la piel de la fruta estaba fresca, tersa, brillante. «Mi padre decía que las uvas hablan antes de ser prensadas», murmuró sin pensar. «Si las tocas con cuidado, te dirán en qué año nacieron». Se mordió el labio, sorprendida por la intimidad de aquella confesión. Lorenzo sonrió levemente. «Mi padre no hablaba así. Hablaba con cuentas y devoluciones. Pero creo que ambos idiomas son ciertos».

Continuaron subiendo, un poco. La grava crujió suavemente bajo sus pies; en algún lugar, a lo lejos, un perro ladró dos veces y se quedó en silencio. Lorenzo señaló una pequeña terraza donde el valle se abría como un abanico. «Desde aquí supe que quería quedarme», dijo. «En Florencia, tuve profesores, aulas llenas de libros, calles que te hacían olvidar el tiempo. Pero la línea de estas colinas...».

Levantó la mano, creando un gesto en el aire. «Echaba muchísimo de menos esta línea».

"Y, sin embargo, es una línea que separa", respondió Elena de inmediato, casi para sí misma. Pensaba en los límites invisibles entre quienes pertenecían a la villa y quienes la menospreciaban. Él aceptó la afirmación sin defenderse. "Separar no siempre es dividir", dijo. "A veces es dibujar. Y podemos elegir cómo dibujar". Entonces la miró, y en su mirada había una pregunta: ¿cómo lo dibujarías tú?

Hablar de la escuela le salía con naturalidad. Habló de los niños que se tropezaban con las letras duplicadas, de Caterina, que había aprendido a leer su primer pasaje sin parar, de un niño que confundía siete con tres como si fueran dos caras de la misma moneda. Habló del libro de cuentos, que aún no había leído en público, salvo un cuento, para pasar el rato. Lorenzo escuchaba con una atención que le parecía inusual. No parecía querer intervenir, ni corregirla, ni adueñarse de la historia. Olfateaba el aire, de vez en cuando cogiendo una hoja seca del camino y rompiéndola con dos dedos, como para acompañar sus palabras con un gesto mínimo.

Cuando ella se quedó callada, él retomó el hilo del proyecto. «Hablé con dos jardineros. Dicen que podríamos montar la sección educativa en tres semanas, si el tiempo acompaña. Macizos sencillos: hierbas aromáticas, algunas verduras, algunos árboles frutales bajos. Y una pérgola para dar sombra». Hizo una pausa. «Planifiqué una entrada lateral desde el sendero, para que los niños no pasen por el patio principal. Por discreción y para no interferir con el trabajo del servicio».

Elena intuyó que tras ese detalle había un pensamiento para ella. La discreción no era solo logística; era protección. "¿Y tu madre?", preguntó, procurando moderar el tono. "Observa", respondió con calma. "Es mesurada. Pero accedió a que empezáramos. Creo que la cautela de don Ernesto la tranquilizó. Y el hecho de que quieras mantener informadas a las familias". Sonrió brevemente. "Mi madre respeta la organización".

—Las cosas organizadas son más fáciles de criticar —replicó Elena con un dejo de ironía—. Porque tienen un esquema. Pero al menos no se pueden inventar. —Hizo una pausa, sorprendida de sí misma—. Disculpa. Hablo demasiado. —No —dijo Lorenzo—. Habla con sensatez.

Pasaron junto a un cobertizo de herramientas, del que emanaba un olor a hierro y aceite. Unas tijeras de podar, brillantes como un haz de luz, colgaban de un clavo sobre la puerta. Más abajo, hacia el límite del viñedo, dos agricultores encorvados trabajaban en silencio; levantaron la cabeza un instante, reconocieron al heredero y al maestro, y volvieron a sus manos. No había hostilidad en ese gesto, sino una cautelosa neutralidad. Elena sintió ese peso, ese juicio suspendido que el pueblo impone a quienes se desvían de su camino.

"Giovanni la está observando", dijo Lorenzo en voz baja, como si mencionara el viento. Elena se tensó un poco. "Yo también lo vi", admitió. "Habla. No dice nada, pero habla". Lorenzo asintió. "Lo he escuchado demasiadas veces en el pasado, solo para mantener las cosas en silencio. La gente como él prospera en los espacios que dejamos abiertos". Hizo una pausa y luego añadió: "Siento que esté tan preocupado por ti. Si lo prefieres, puedo ...". "No", lo interrumpió Elena. "No es asunto tuyo. Y además, si intervienes, empeora. Se convierte en un desafío. Una historia de taberna". Miró hacia el valle. "Las historias prosperan donde se les da agua".

Caminaron más lejos, más despacio. El sol se escondía tras un fino velo de nubes y la luz se suavizaba. En un recodo del sendero, la vista se abrió a un pequeño claro con un banco de piedra. Se sentaron. Desde allí, la villa parecía más lejana, el pueblo más cerca. Las campanas, con unos minutos de retraso, dieron la hora. «De niña», dijo Elena, «venía aquí con mi padre a cortar ramas secas. Una vez me cargó en hombros para que pudiera ver por encima de las hileras. Me dijo: «Hay lo que no puedes ver ahí abajo, pero también hay lo que no quieren que veas». No entendí. Ahora creo que entiendo demasiado». Se dio cuenta de que había hablado con una franqueza normalmente reservada para la intimidad. Quizás fueron los viñedos los que la habían hecho soltar la lengua, o la forma de Lorenzo de no presionar.

No hizo ningún comentario de inmediato. Con el pulgar, dibujó un círculo en el polvo del banco, como hacen los niños para mostrar una figura simple. «Mi padre no decía esas cosas», respondió al cabo de un momento. «Solía decir: «Lo que no ves es tuyo hasta que lo compras». Esa gramática murió con él. O quizá no, se quedó con hombres que se le parecen». Respiró hondo. «Dejé Florencia para cuidar esta tierra, pero no para repetirla todo. Me gustaría una forma de estar aquí que no se limite a proteger lo que ya había».

—Proteger no es un mal verbo —dijo Elena—. Lo es cuando se convierte en una jaula. Sintió que había nacido un tercer lenguaje entre ellos, hecho de palabras sencillas que, sin embargo, cargaban con el peso de las decisiones. Aún no era confianza, aún no era ternura; era el umbral.

El sonido de ruedas se alzaba desde el camino bajo. Un carruaje cruzaba el sendero, oscuro, la madera pulida reflejó un destello fugaz. Elena bajó la mirada instintivamente. «No hace falta», dijo Lorenzo en voz baja. «No tenemos nada que ocultar». «Lo sé», respondió ella. «Pero a veces es la sombra la que decide, no la realidad». Siguió el carruaje con la mirada. «Mi madre», dijo, sin sorprenderse. «Vuelve de visitar a su tía. ¿Nos vio? Quizás». Elena percibió, en la neutralidad con la que lo dijo, una valentía mesurada: no desafío, ni miedo, sino la aceptación de que ciertos caminos no se doblegan ante el observador.

Cuando el ruido se apagó, volvió el silencio, lleno de luz y aromas. Lorenzo abrió la mano, como para atrapar una migaja de sol. «Te pediré que firmes una nota para el párroco, en la que la villa confirma que el jardín es para el colegio y corresponsable. Es una formalidad que pesa poco y vale mucho». «Es como una presa», dijo Elena. «Una presa de papel». «Las presas de papel», respondió, «detienen ríos de palabras».

Se quedaron allí sentados hasta que la sombra del morera se movió lo suficiente como para tocar las puntas de los zapatos de Elena. Habló de los turnos que haría con los niños, de las familias que serían las primeras en aceptar, de las que habría que convencer con paciencia; habló de Don Ernesto, quien había ofrecido la presencia de una mujer de la cofradía como acompañante, y a Lorenzo le gustó la idea por razones prácticas más que políticas. «Las cosas bien hechas no necesitan defensa», dijo. «Simplemente se muestran». Elena sonrió con ironía. «A veces, incluso las cosas bien hechas duelen. Pero sanan».

Continuaron su descenso. Una figura encorvada apareció entre las filas, un anciano con gorra y el rostro quemado por el sol. «Buenos días, joven amo», le dijo a Lorenzo con sincero respeto. Luego miró a Elena. «Maestro». La inclinación de cabeza fue para ambos, y por un instante pareció como si incluso la tierra bajo sus pies hubiera hecho un mínimo gesto de reconocimiento. Caminaron más lejos, y Elena se dio cuenta de que respiraba con más fuerza, como si ese saludo le hubiera despejado la garganta.

Al borde del viñedo, donde la cerca se veía interrumpida por una verja de hierro, Elena se detuvo. Al otro lado, vio el sendero que bordeaba el río y luego subía hacia las casas. «Mejor nos separamos aquí», dijo. «Yo tomaré el sendero de abajo, tú regresas a la villa». No era miedo; era cautela. Lorenzo asintió. «Te acompañaría de vuelta al puente, pero tienes razón: mejor así». Se quedaron un momento frente a frente, la verja abierta como un paréntesis entre el viñedo y el mundo. «Elena», dijo él, y era la primera vez que pronunciaba su nombre sin un título. Se le escapó como algo simple y preciso. «Gracias por lo de hoy». Bajó la cabeza ligeramente. «Gracias por los jardines». Quería decir más, pero sentía que las palabras, si se alargan demasiado, pierden fuerza. Eligió el buen silencio, el que promete sin preguntar.

Se separaron. Elena caminó con paso rápido por el sendero; de vez en cuando, entre las ramas, aún vislumbraba la figura de Lorenzo regresando a la villa; el blanco de su camisa contrastaba con la vegetación. Al llegar al río, el agua la recibió con su fresco aroma y la promesa de un sonido ancestral. Se agachó para humedecerse los dedos y luego se los llevó a la frente, como para ahuyentar un pensamiento. «Giovanni no puede decidir mi camino», se dijo. «Su madre tampoco». Era una frase que no pretendía ser una promesa, pero contenía la semilla de una elección.

Al llegar al puente, una voz la llamó a sus espaldas. Se giró: era Caterina, la hermana de Lorenzo, con una cesta en el brazo y una mirada amable y apresurada. "¡Maestra! ¿Puedo ir contigo cuando vayas al jardín?", Elena fue a su encuentro. "Serás la primera en entrar", dijo, y la niña dio un pequeño respingo, como si hubiera recibido una noticia que su cuerpo entendía mejor que su mente. "Se lo diré a mamá", añadió, y luego se corrigió: "A la señora... la condesa". Un rubor le subió a las mejillas. Elena le puso una mano en el hombro. "Solo dile que has estudiado bien hoy". "¡Es verdad!", respondió Caterina, y salió corriendo.

En casa, su madre preparaba la cena. «Diste un largo paseo», dijo, con un tono que era a la vez pregunta y comentario. «Pasé por las hileras», respondió Elena. «¿Había viento?». «El justo». La mujer asintió lentamente, como si el viento justo fuera la respuesta a muchas cosas.

Esa noche, a la tenue luz de la lámpara, Elena abrió el cuaderno donde anotaba sus gastos escolares y, al pie de la página, escribió unas palabras a lápiz: «Jardín: turnos, entrada lateral, pérgola. Aviso a las familias. Cofradía». Entonces se detuvo un momento, con el lápiz en el aire, y escribió una sola palabra, separada, como un título: «Confianza». La miró, dispuesta a borrarla por pudor. En cambio, la repasó una segunda vez, hasta que las letras cobraron forma. Le pareció que, afuera, las cigarras habían cambiado de ritmo, como si un pequeño engranaje se hubiera puesto en marcha en el mecanismo del valle.

Al apagar la lámpara, la habitación se llenó de la suave oscuridad de Valleverde. Elena cerró los ojos e imaginó el banco de piedra, la pérgola prometida, el gesto con el que Lorenzo había trazado la curva de las colinas en el aire. Sintió que ese paseo no había sido solo un paseo por los viñedos: había sido una frase completa, dicha a dos voces. Y que de esa frase, pronto, surgiría una más larga, con comas, conjunciones, quizá incluso un punto y coma, porque hay días en que la vida no termina, sino que se prolonga. Fue el último pensamiento antes de dormir: ni un triunfo, ni una rendición. Un paso verdadero, en la verdadera tierra. Y arriba, el cielo anunciando, en silencio, el resto.

5.2 Un vínculo creciente

A la mañana siguiente del paseo por los viñedos, Elena se despertó con el repique de la gran campana de San Michele. Permaneció allí unos minutos, con la mirada fija en el oscuro techo de madera, dejando que el recuerdo de la tarde anterior la inundara como una ola lenta. No fueron tanto las palabras las que regresaron, sino los silencios: el momento en que Lorenzo trazó la curva de las colinas en el aire, el breve destello de su camisa entre las hileras, la levedad de una complicidad aún frágil, pero ya capaz de hacerse sentir.

La madre ya estaba en la cocina, el sonido agudo del cuchillo sobre la tabla de cortar se mezclaba con el olor del pan duro calentándose en la estufa.
“Te levantaste temprano hoy”, observó sin dejar de cortar.
"Tengo mucho trabajo en la escuela", respondió Elena, envolviéndose en su chal. Evitó mencionar que "mucho trabajo" la agobiaba también por otras razones.

El camino a la escuela esa mañana le pareció más corto de lo habitual. El aire fresco de principios de otoño le hormigueaba las mejillas, y los rayos bajos del sol hacían brillar como hilos de plata las telarañas que se extendían entre las ramas bajas de los árboles. Entró en el aula y de inmediato se sumió en la rutina: llenar el registro, limpiar la pizarra, ordenar cuidadosamente los cuadernos de los niños en los pupitres.

Las horas transcurrían entre ejercicios de aritmética y lecturas en voz alta. Pero bajo ese ritmo regular, Elena sentía pasar otro tiempo, un tiempo más íntimo, interrumpido por pensamientos que, de vez en cuando, la traían de vuelta a Lorenzo. A las once, al abrir la ventana para tomar el aire, lo vio a lo lejos a caballo, en el sendero que subía la colina. No se detuvo, no buscó su mirada, pero su simple paso bastó para hacerle sentir su presencia como un hilo invisible que conectaba la villa con el aula.

Cuando sonó la campana, los niños salieron corriendo en un torbellino de voces y pasos rápidos. Caterina, la última en salir, se acercó sigilosamente y le entregó un papel doblado en cuatro.
—De mi hermano —dijo con una sonrisa que contenía más picardía que inocencia.

Elena esperó a estar sola antes de abrirla. «Me gustaría hablar contigo sobre el jardín y algunas ideas nuevas», decía la nota, escrita con letra pulcra y ordenada. «Si puedes, te veo mañana al atardecer, en la puerta lateral».

Al día siguiente, las horas se hicieron interminables. El aire estaba impregnado del dulce aroma a mosto, señal de que las bodegas habían empezado a llenarse. Al anochecer, se puso su chal oscuro y bajó hasta la puerta lateral de la villa, la que estaba oculta tras un viejo muro de piedra cubierto de hiedra.

Lorenzo ya estaba allí, sosteniendo un pequeño ramo de ramas de romero y laurel atadas con una cuerda.
"Para la escuela", dijo, entregándoselas. "Quiero que sean las primeras plantas que planten los niños. Son sencillas, pero cuentan la historia de esta tierra".
Elena los tomó con delicadeza, acercándolos a su rostro para oler su aroma.
—Romero para la memoria —murmuró.
—Y el laurel por la victoria —añadió, sosteniendo su mirada.

Hablaron de los mejores días para plantar, la disposición de los parterres, cómo involucrar a las familias. Pero bajo la superficie de las palabras prácticas, se mezclaban frases no dichas: fragmentos de recuerdos personales, opiniones sobre los niños, imágenes del futuro. Lorenzo habló de un profesor florentino que le había enseñado que «la tierra es más fiel que el hombre, si la tratas con respeto». Elena habló de su padre y de cómo él le había enseñado a distinguir el canto de las cigarras según la hora del día.

En un momento dado, sugirió que dieran un paseo hasta el borde del huerto. Caminaron despacio, dejándose envolver por el crepúsculo. Allí, entre los manzanos cargados de fruta y la hierba meciéndose suavemente, su vínculo se hizo más evidente. Aún no se había declarado nada, pero ambos sentían que cada encuentro, cada palabra, añadía un hilo a un tejido que crecía sin necesidad de forzarlo.

El viento traía consigo el olor a tierra húmeda y el susurro de las hojas secas. Elena se dio cuenta de que le hablaba como no le hablaba a nadie más: no por el contenido de sus frases, sino por cómo las pronunciaba, sin miedo a ser malinterpretada. Y Lorenzo, por su parte, no interrumpió ni corrigió: escuchó, como si esas palabras fueran algo excepcional e importante.

Volviendo hacia la puerta, se detuvieron un momento frente a un pequeño claro que Lorenzo señaló con un gesto.
"Podríamos construir una pérgola aquí", dijo. "He pensado en plantar glicinas y rosales trepadores. Los niños tendrán un rincón a la sombra para leer o dibujar".
—Sería como darles un pequeño refugio —respondió Elena. Luego sonrió y añadió—: Y quizá a nosotros también.

Al despedirse, no concertaron un nuevo encuentro. No hacía falta: ambos sabían que, de una forma u otra, volverían a encontrarse. Elena regresó a casa aferrada a las ramas de romero y laurel como si fueran una prenda. Y por primera vez, no temió que alguien la viera sonreír sin motivo: en esa sonrisa yacía la semilla de un futuro que, aunque incierto, merecía la pena cultivar.

5.3 El secreto para proteger

A la mañana siguiente de la reunión en la puerta, el pueblo respiraba ese aire de suspense que precede a los grandes cambios de estación. El sol, ya bajo, iluminaba los tejados de tejas rojas, y el olor a mosto fermentado emanaba de las bodegas abiertas, mezclándose con el de la leña recién cortada. Elena cruzó la plaza con paso seguro, pero percibía una pizca de tensión en su interior. En los últimos días, había notado miradas que se detenían demasiado tiempo en ella: el saludo contenido de un vecino, la ocurrencia susurrada de un tendero.

No eran acusaciones explícitas, sino preguntas implícitas, susurradas más con la mirada que con las palabras. En Valleverde, las noticias corrían más rápido que el correo, y un gesto oportuno bastaba para alimentar semanas de especulación.

Frente a la escuela, encontró a una de las madres, María Bertoli, esperándola, con las manos entrelazadas en el delantal.
"Buenos días, maestra", dijo con un tono educado pero lleno de curiosidad. "He oído que el señor Lorenzo le va a hacer un bonito regalo a la escuela".
—Es un proyecto para niños —respondió Elena, abriendo la puerta del aula—. Un huerto educativo.
María asintió, pero no se movió. "Sabes, la gente habla. Y a veces, hasta las cosas buenas acaban mal".

Esas palabras, pronunciadas con aparente facilidad, quedaron suspendidas en el aire incluso después de que la mujer se marchara. Elena se obligó a concentrarse en sus lecciones, pero durante el recreo percibió otras señales: dos niñas pequeñas conversaban en voz baja, interrumpiendo bruscamente su conversación cuando ella pasaba; un niño, hijo de un granjero cerca de la villa, le preguntó si el "caballero" vendría pronto a la escuela.

Por la tarde, mientras ordenaba la clase, Caterina entró corriendo, con las trenzas deshechas y las mejillas sonrojadas.
—Mi hermano quiere hablar contigo —dijo sin aliento—. Hoy, al atardecer, en el camino del molino. Dijo que es mejor no verlo en el pueblo.

Elena dudó un momento y luego asintió. No había nada malo en conversar, pero sentía que la cautela se estaba convirtiendo en parte integral de su relación.

Cuando el sol empezó a teñir de cobre los bordes de las colinas, cogió su chal y salió de casa, diciéndole a su madre que tenía que hacer una entrega a una familia de estudiantes. Caminó por el sendero que bordeaba el río, escuchando el gorgoteo del agua y el susurro de las hojas con la ligera brisa. El molino, ahora en desuso, era una construcción baja de piedra, medio oculta por el follaje.

Lorenzo la esperaba allí, sin caballo, apoyado en un tronco caído. Al verla, se le iluminó el rostro.
"No quería que nos vieran juntos en la plaza", dijo, extendiéndole la mano para ayudarla a bajar un pequeño chapuzón. "Giovanni hace demasiadas preguntas".
—Me di cuenta —respondió Elena, mirando el agua oscura que fluía lentamente—. No es el único.

Hablaban en voz baja. Lorenzo le contó que incluso en la villa le habían llegado alusiones veladas: un proveedor había mencionado con una sonrisa pícara el «nuevo interés» del heredero Altieri. La condesa no había hecho comentarios, pero su silencio había sido elocuente.
"Por eso tenemos que tener cuidado", dijo Lorenzo. "No quiero que algo tan importante se arruine por quienes no entienden o no quieren entender".
—¿Y si la precaución se convierte en una jaula? —preguntó Elena, mirándolo fijamente.
—Entonces lo romperemos —respondió con una calma que no era ostentación, sino promesa.

Estuvieron juntos menos de media hora. No hubo gestos que pudieran malinterpretarse, solo el rápido roce de sus

dedos al entregarle un pequeño paquete envuelto en papel áspero.
—Semillas de lavanda —explicó—. Para que el jardín tenga un aroma duradero.

Cuando regresó, el aire ya era fresco y húmedo. Al abrir la puerta principal, su madre estaba cosiendo a la luz parpadeante de la lámpara de queroseno.
"¿Has estado en casa de los Rossi?" preguntó sin levantar la vista.
—Sí, para traerle algo de material al peque.
La mujer asintió lentamente, insertando la aguja en la tela con un gesto decidido.
—Sabes, Elena: en un país como el nuestro, el silencio suele ser más elocuente que las palabras. Y cuando dos personas guardan silencio demasiado tiempo, empiezan a inventar lo que no se dice.

Esa frase la acompañó hasta la cama. Acostada en la oscuridad, recordó el día: las miradas, las palabras ambiguas, el encuentro oculto, el regalo de las semillas de lavanda. Sabía que su vínculo se estrechaba, y que parte de su belleza provenía precisamente del cuidado con que lo protegían. Pero también sabía que, en un lugar como Valleverde, proteger era andar por la cuerda floja, donde un paso en falso podía convertir un sentimiento en un blanco.

Sin embargo, mientras el sueño la envolvía, se dijo a sí misma que valía la pena el riesgo. Porque ciertas cosas, al nacer, exigen ser cuidadas a pesar del viento contrario. Quizás precisamente gracias a ese viento.

VI

El asedio silencioso

6.1 Chismes en la posada

El sábado por la mañana, el mercado llenaba toda la plaza de Valleverde. Los puestos, dispuestos en filas irregulares, exhibían cestas de manzanas rojas, manojos de puerros atados con cordel, quesos envueltos en gasa fina y trozos de tela tendidos para captar la luz. El aire se llenó de olores contrastantes: pan caliente, humo de leña, embutidos y, desde algunos rincones, la dulce fragancia de higos secos. Elena caminaba por el laberinto de colores y sonidos con su cesta al brazo, saludando a quienes la saludaban, sin detenerse apenas a regatear el precio de un kilo de castañas.

Pero bajo esa rutina familiar, había algo diferente. No era solo una impresión: la forma en que algunas mujeres bajaban la voz al pasar, la sonrisa tensa de un vendedor que solía saludarla con cariño, la rapidez con la que ciertas miradas se desviaban. Ya no era la curiosidad inocente de unas semanas antes. Lo que ahora rondaba era más como un juicio formándose.

Mientras pagaba dos hogazas de pan en casa de Margherita, la esposa del molinero, escuchó unas palabras que no iban dirigidas a ella, pero que no pudo ignorar. Dos mujeres, no muy lejos, elegían telas.
—...Te lo dije, lo vi yo mismo —dijo uno—. Al atardecer, cerca del molino.
—¿Y él?
—Él estaba allí. No es ningún secreto que va y viene de la villa. Pero con ella... no sé, se notan ciertas cosas.
—¿Y crees que le gusta a la Condesa?
Una breve risa, y luego: —La condesa no es ciega.

Elena se quedó paralizada, mirando las manos que agarraban la bolsa de pan. Sabía que si se giraba, encontraría en los ojos de las dos mujeres esa mezcla de fingida inocencia y satisfacción que acompaña a todo chisme exitoso. Decidió continuar sin decir palabra, pero el corazón le latía con más fuerza.

La mañana en la escuela empezó con cansancio. Quizás solo fuera su imaginación, pero le pareció que incluso los niños estaban más distraídos que de costumbre. Durante el recreo, un padre llegó a entregar un cuaderno que había olvidado en casa. Lo reconoció: era Pietro, un granjero con quien siempre había tenido una relación cordial. Pero esta vez se detuvo en la puerta, le entregó el cuaderno a su hija y, en lugar de entrar a intercambiar unas palabras como de costumbre, asintió brevemente y se marchó a toda prisa.

El gesto fue pequeño, pero hablaba claramente: las voces estaban empezando a cambiar los comportamientos.

Cuando sonó el timbre de la última hora, Sofía apareció en la puerta con su energía habitual, pero su sonrisa tenía un regusto diferente.
"Necesito hablar contigo", dijo en cuanto Elena quedó libre. Se sentaron al fondo de la sala, entre los escritorios vacíos. "He oído cosas que no me gustan", continuó Sofía. "Giovanni está más activo que nunca. No dice nada abiertamente sobre ti y Lorenzo, pero cuenta historias a medias. Como que la villa tiene intereses "especiales" en la escuela, que ciertas donaciones tienen un precio. Y ya sabes cómo es, cuando no se explica el precio, la gente pone lo que quiere".

Elena la miró sintiendo un nudo crecer en su garganta.
—¿Y qué dijiste?
—Que se hablan ciertos idiomas porque no se tienen las habilidades para hacerlo mejor. Pero el problema es que no solo está charlando en la taberna: también les está contando estas ideas a los padres de tus alumnos. Y eso puede doler, Elena. Mucho.

Se quedaron en silencio por un momento, escuchando el viento mover las persianas.
—Quizás debería hablar con él —dijo finalmente Elena.
—No —respondió Sofía con firmeza—. No le des el gusto de presumir de que fuiste a justificarte. Esa sería su victoria.

Salieron juntas, pero pronto se separaron: Sofía tuvo que pasar por casa de su madre, y Elena quiso caminar unos minutos para despejarse. Cruzó la plaza, evitando detenerse a hablar con nadie. No era miedo, sino la consciencia de que cada palabra podía ser puesta en boca de otra persona, de una forma diferente.

En casa, la madre estaba pelando patatas.
"Estás pálido", observó sin detener su trabajo.
—Solo necesito descansar un poco.
"A veces, descansar no es suficiente. A veces hay que deshacerse de quienes nos quitan la paz", murmuró la mujer.

Esa noche, Elena permaneció sentada en su escritorio un buen rato, con la ventana abierta a la oscuridad. Contempló las luces dispersas de las casas, imaginando cuál de esas ventanas albergaba mensajes sobre ella y Lorenzo. Las voces eran como hilos invisibles: podían atarte o estrangularte. Decidió que su vínculo con Lorenzo debía protegerse no solo por ella, sino también por el bien de la escuela. Limitaría sus reuniones a lugares visibles, trasladándolas a espacios neutrales, y seguiría siendo impecable en el trabajo.

Pero en el fondo, una cosa sabía: no se rendiría. Porque un vínculo como el suyo, ante las adversidades, puede fortalecerse más que las mismas raíces que lo originaron.

6.2 El enfrentamiento con la condesa

Era un lunes gris, uno de esos en los que el cielo parece inclinarse sobre el valle para escuchar mejor lo que sucede en la tierra. El aire olía a lluvia inminente, y los pasos resonaban apagados por las calles de Valleverde. Elena llegó a la escuela unos minutos antes y se encontró con dos madres conversando intensamente afuera. Se quedaron en silencio en cuanto la vieron, pero no lo suficientemente temprano como para evitar que captara su última frase.

—… ella misma lo dijo, que está feliz en la villa.
—Ah, entonces es verdad.

Las palabras quedaron suspendidas como gotas a punto de caer. Elena no pidió explicaciones; sabía que preguntar era la mejor manera de dar cuerpo a lo que quería ignorar. Entró, saludó a los primeros niños y se sumergió en la rutina del día. Pero la frase seguía volviendo a su mente: *la había dicho ella misma* . Ella misma... ¿cuándo? ¿A quién?

Durante el recreo, Caterina se acercó a ella con el aire de quien sabe algo.
—Maestra, ayer en el mercado la señora Bartoli comentaba que usted dijo que el señor Lorenzo le haría un trabajo a cambio de… —se detuvo, buscando la palabra— …favores.
Elena sintió que la sangre le subía a las mejillas, más por indignación que por vergüenza.
—¿Quién te dijo que me lo dijeras?
—Nadie —respondió Catherine, bajando la mirada—. Pero no me gustó lo que decían.

El resto de la mañana transcurrió en un equilibrio precario, cada palabra dirigida a los niños pesaba más de lo habitual. Sabía que, una vez circuladas, ciertas insinuaciones no podían ser retiradas. El rumor ya había tomado la forma de una "certeza compartida": Elena y Lorenzo mantenían un intercambio oculto, un favor por otro.

Por la tarde, de camino a casa, se detuvo en casa de Sofía para ver qué tan extendido estaba el rumor. Su amiga la abrió y, mientras preparaba dos tazas de café, confirmó que la frase "lo dijo ella misma" ya estaba en boca de muchos. "Pero sé que nunca dijiste eso", añadió Sofía. "Pregunté dónde y cuándo, y nadie puede responder. Pero verás, eso es precisamente lo que hace que estos rumores sean tan fuertes: no tienen un origen preciso, así que no se pueden negar con un hecho".

—¿Y quién los repartió? —preguntó Elena, aunque ya sabía la respuesta.

Sofía se encogió de hombros. «No hay necesidad de un solo culpable. Basta con que alguien —quizás Giovanni— diga la frase correcta, y los demás la entenderán».

Esa noche, mientras cenaba con su madre, Elena recibió una nota. El monaguillo de don Ernesto se la entregó con expresión seria. «Me gustaría hablar con usted en persona. Es importante», decía el mensaje. Firmado: *EBA* — Condesa Bianca Altieri.

A la mañana siguiente, subió a la villa a la hora acordada. La condesa la recibió en su estudio, sentada erguida tras un escritorio que parecía más grande de lo necesario. Su rostro no mostraba ninguna expresión perceptible.

—Señorita Bardi, me han llegado algunos rumores —comenzó—. No me gusta meterme en asuntos triviales, pero esta vez, la escuela, mi familia y el buen nombre de todos están entrelazados.

—Son rumores sin fundamento —respondió Elena manteniendo un tono firme.

—Quizás. Pero la cuestión es que están creciendo. Y cuando crecen, ya no importa si son verdaderas o falsas: se vuelven *útiles* para cualquiera que quiera usarlas.

—Giovanni Rinaldi —dijo Elena, sin rodeos.

La Condesa no confirmó ni desmintió. «Mi recomendación es limitar el contacto directo con mi hijo en público. No voy a renunciar al proyecto del jardín, pero no quiero que dé lugar a otras interpretaciones».

La conversación dejó a Elena con una mezcla de frustración y claridad. Al salir de la villa, encontró a Lorenzo esperándola bajo el porche lateral.
—Sé por qué te llamó —dijo—. Y también sé que el silencio ya no será suficiente.
"¿Qué propones?" preguntó.
—Un gesto público. Algo que deja claro que la colaboración en el jardín es un proyecto comunitario, no un asunto privado. Una reunión abierta, con la presencia de Don Ernesto, donde también invitamos a cualquiera que quiera criticar.
—¿Quieres enfrentarlos?
—Quiero quitarles la ventaja de decir "no sabíamos".

Elena permaneció en silencio un instante, sintiendo el peso y al mismo tiempo la necesidad de aquella propuesta.
"Será arriesgado", dijo finalmente.
"Es más arriesgado dejarles hablar solos", respondió Lorenzo.

Mientras caminaba de regreso al pueblo, la lluvia empezó a caer con fuerza, tamborileando en su chal. Pensó en las palabras de la condesa y las de Lorenzo. Dos estrategias opuestas: retirarse o exponerse. Una protegida a corto plazo, la otra quizás a largo plazo. Pero una cosa estaba clara: el tiempo para las palabras cautelosas se estaba agotando.

Esa noche, antes de dormirse, comprendió que el peso de las palabras no solo se mide por el daño que causan, sino también por la valentía que se requiere para responderlas. Y que, en esa batalla silenciosa, la verdad por sí sola no bastaba: también necesitaba un escenario desde el que decirla.

6.3 Dudas y temores

La noche de su encuentro con la Condesa, Elena caminó a casa más despacio de lo habitual, como si el pavimento irregular se hubiera alargado. No era solo cansancio físico: sentía que necesitaba tiempo para organizar su mente, para encontrar la manera de compaginar lo que sentía con lo que sabía que debía hacer. Cada paso era un intento de aligerar el peso de las palabras que había recibido en la villa, pero esas palabras —pronunciadas con una voz serena, casi maternal— seguían resonando como un martillazo lento.

El viento traía consigo el olor acre de madera húmeda, mezclado con un ligero indicio de lluvia inminente. En otros días, ese aroma la habría tranquilizado, pero esa noche parecía una advertencia: un aire denso que prometía tormenta, sin decir cuándo. Entró en la casa y encontró a su madre sentada junto a la estufa, remendando una camisa.

"Hoy es tarde", observó la mujer, sin levantar la vista de la aguja.
—Tuve una reunión importante —respondió Elena, dejando su chal.
La madre no añadió nada más, pero el silencio que siguió fue de esos que dejan claro que hay preguntas en el aire.

Elena no estaba preparada para contarlo todo. Tampoco tenía claro si las palabras de la condesa habían sido un consejo para protegerla o una advertencia para que se mantuviera a distancia. La línea era delgada, casi invisible, y cuanto más lo pensaba, más temía malinterpretar sus intenciones.

Esa noche, no pudo conciliar el sueño fácilmente. Dio vueltas en la cama entre las sábanas, mirando el techo, que de vez en cuando se iluminaba con la luz de la luna que se filtraba por las contraventanas. Sus pensamientos daban vueltas cada vez más pequeñas: *¿Y si tenían razón? ¿Y si la gente realmente creía que mi puesto en la escuela era el precio de algo?* Cada escenario terminaba con la misma imagen: los niños mirándola en silencio, ya no como la maestra, sino como "la de la que todos hablan".

Al amanecer, un cielo lechoso envolvía Valleverde. Elena se preparó lentamente, esperando que la rutina matutina restableciera algo de orden. Pero incluso en la escuela, mientras explicaba un ejercicio de gramática, percibió algo diferente. Algunas madres, que llegaban temprano a recoger a sus hijos, la observaban con una curiosidad que nada tenía que ver con el aprendizaje. Sus palabras, si las había, se detenían en la puerta, como si no valiera la pena invertirlas en una conversación real.

Durante el recreo, Sofía entró sin llamar, llevando una cesta de manzanas.
—Pareces preocupado —dijo ella, colocando la cesta sobre el escritorio.
—No sé si podré seguir así —confesó Elena en voz baja—. Cada palabra, cada gesto, parece juzgado.
—¿Qué es lo que más te preocupa?
—Si me alejo de Lorenzo, quizá se apaguen los rumores. Pero si lo hago, habrán ganado.
—¿Y si te quedas?
—Me arriesgo a perder lo que he construido aquí. La escuela, la confianza de las familias... todo.

Sofía asintió, como si ya hubiera anticipado esas frases.
—Quizás no tengas que decidir de inmediato. A veces, si te quedas quieto un momento, el lodo del agua se asienta solo.

La tarde transcurrió lentamente, con el sonido de las gotas de lluvia golpeando las ventanas. Al terminar la clase, Elena cerró el aula y se dirigió cuesta arriba en lugar de volver a casa inmediatamente. El camino estaba resbaladizo, pero sabía dónde poner los pies. Quería llegar a un punto concreto: un pequeño claro desde el que pudiera ver tanto la villa como el campanario del pueblo.

Desde allí, las dos siluetas se recortaban nítidamente contra el cielo: la villa de piedra pálida, con sus altos ventanales y su cuidado jardín; el campanario de ladrillo rojo, sólido y austero. Dos símbolos, dos mundos, y ella en medio. Sintió que el viento le levantaba un mechón de pelo, y con él comprendió que no podía pertenecer plenamente a ninguno de los dos sin sacrificar algo.

Se sentó en una roca, dejando que el silencio le hablara. Dudas y miedos se mezclaban como dos corrientes en un mismo río. Dudas sobre el futuro de la escuela, sobre la fuerza de su vínculo con Lorenzo, sobre su propia fuerza. Miedos a perder credibilidad, a decepcionar a los niños, a encontrarse sola.

Recordó un episodio de unos años antes, cuando, a su llegada a Valleverde, una familia la acusó injustamente de favorecer a un estudiante. En ese entonces se mantuvo callada, esperando que la verdad prevaleciera. Y funcionó. Pero ahora las circunstancias eran diferentes: su conexión con Lorenzo les dio a los chismes un punto de apoyo sólido.

Al ponerse el sol, tiñendo las colinas de un color cobrizo, Elena decidió regresar. La lluvia había parado, dejando un olor limpio a tierra mojada en el aire. Mientras caminaba, una idea la asaltó: tal vez el miedo no era señal de detenerse, sino de que estaba entrando en territorio por el que valía la pena luchar.

En casa, su madre la recibió con un plato de sopa caliente. Comieron en silencio, hasta que la mujer dijo:
—A veces no puedes impedir que la gente hable. Pero sí puedes decidir si dejar que decidan quién eres.
Elena la miró y asintió. No fue una respuesta, pero fue un comienzo.

Esa noche, en el silencio de su habitación, sintió que había tomado una decisión: no renunciaría a Lorenzo, pero elegiría con cuidado cuándo y cómo defender lo que estaba construyendo. No solo por ella, sino por la escuela y por los niños que la veían como ejemplo a diario.

Y así, cuando el viento empezó a soplar de nuevo a través de las contraventanas, Elena se preparó para resistir, sabiendo que el verdadero coraje no es la ausencia de miedo, sino la elección de seguir adelante a pesar de él.

VII

Tormenta inminente

7.1 El chantaje velado

El cielo de mediados de octubre se extendía sobre Valleverde como una tela de lana gris, y el aire traía el penetrante olor a leña quemándose en las chimeneas. Elena salía de la escuela, con un fajo de cuadernos bajo el brazo, cuando lo vio. Giovanni Rinaldi estaba apoyado contra la pared de una carpintería, con las manos metidas en los bolsillos del chaleco y la mirada de alguien que no estaba allí por casualidad.

Él esperó a que ella se acercara y luego se alejó de la pared con un ritmo lento y controlado.
"Buenas tardes, profesora", dijo, enfatizando cada sílaba como si pesara mucho.
Elena asintió en respuesta, sin detenerse. Pero Giovanni se puso a su lado, igualando su ritmo.

“He oído que el jardín está tomando forma”, comentó, mirando hacia adelante.
—Todavía está en fase de preparación —respondió Elena con tono neutral.
—Sí… pero sabes, a veces no es la tierra el obstáculo más difícil, sino las voces que crecen en ella.

Estaba claro que no hablaba de botánica. Elena se detuvo, obligándolo a hacer lo mismo.
—Si tienes algo que decirme, dilo claramente.
John sonrió, pero no era una sonrisa amistosa.
—Digamos simplemente… que me daría pena que ciertas conversaciones llegasen a oídos equivocados.

Elena sintió un escalofrío, pero mantuvo el rostro quieto.
—¿De qué conversaciones estás hablando?
—Oh, no hace falta que lo repita. Sabes muy bien que, en un país como el nuestro, una historia solo necesita contarse tres veces para hacerse realidad. Y podría contársela a alguien con... más influencia que yo.

Hizo una breve pausa para dar peso a sus palabras.
—A menos que hagas lo correcto.

—¿Y qué sería lo correcto, en tu opinión? —preguntó Elena, aunque ya sabía a dónde quería llegar con esto.
—Aléjate del Sr. Lorenzo. Evita que tu nombre siga vinculado al suyo. Sería una pena que tu reputación se viera manchada hasta el punto de comprometer tu puesto en la escuela.

Las palabras la impactaron como un puñetazo lento y calculado. No había una amenaza directa, pero el significado era claro. Giovanni no hablaba solo por ella:

hablaba a través de ella, a Lorenzo y a cualquiera que quisiera proteger la escuela.

"¿Y si no lo hago?" preguntó en tono bajo.
John se encogió de hombros, como si la respuesta fuera obvia.
—Entonces tendré que dejar que las historias sigan su curso. Y tú sabes mejor que yo que, una vez que empiezan, no paran.

Él dio un paso atrás y luego la miró.
—Piensa en los niños. Piensa en lo que perderán si tu posición es… cuestionada.

La dejó allí, en medio de la calle, con esa frase latiéndole en la cabeza como el tañido de una campana lenta.

Esa noche, en casa, Elena intentó concentrarse en calificar sus tareas, pero las líneas en sus cuadernos se difuminaban. Repasaba mentalmente cada palabra de Giovanni, intentando descubrir dónde terminaba el chantaje y dónde empezaba la pura malicia. Era una estratagema calculada: presentarle una opción donde ambas opciones le quitarían algo.

Su madre la encontró así, sentada en el escritorio con un bolígrafo en la mano y la mirada perdida en los ojos.
-¿Tienes algo? -preguntó.
—Solo cansancio.
Pero el tono era demasiado tenso para pasar desapercibido.

Al día siguiente, durante el recreo, Sofía pasó por la escuela. Llevaba una cesta de pan y queso.
—Vi a Giovanni ayer, ¿te dijo algo? —preguntó sin vueltas.
Elena dudó y luego asintió.

—Quiere que me aleje de Lorenzo. O hará que ciertos rumores se extiendan aún más.
Sofía suspiró.
—Así que es verdad. Intenta aislarte. No puede atacarte abiertamente, así que usa el miedo.

Elena se encogió de hombros.
—No sé qué hacer.
"No tienes que decidir de golpe", le dijo su amiga. "Pero no dejes que él elija por ti".

Esa noche, Elena recibió una nota de Lorenzo, traída por un chico de la villa: "¿Puedo verte mañana, mismo lugar, a misma hora?"
Pasó la noche decidiendo si ir o no. Giovanni la había puesto en una encrucijada, y cualquier decisión que tomara sería respetada. Pero por la mañana, mientras preparaba el registro de la clase, se dio cuenta de que no podía basar sus acciones en lo que un hombre como Giovanni pudiera o no decir.

Cuando se conocieron, Lorenzo se dio cuenta inmediatamente de que algo no iba bien.
-¿Qué pasó?
Elena le contó la reunión palabra por palabra. Lorenzo guardó silencio un momento y luego negó con la cabeza.
—No podemos rendirnos ante esto. Si lo hacemos una vez, será nuestra vida. Pero tenemos que ser inteligentes. No le demos oportunidades fáciles.

—¿Entonces quieres continuar? —preguntó Elena.
—Quiero seguir, pero protegiendo lo que tenemos. No es miedo, es estrategia.

Mientras caminaba a casa, Elena se dio cuenta de que el chantaje de Giovanni no era solo una amenaza. Era una prueba: una prueba de la fuerza de su vínculo y de su capacidad para soportar la presión.

Y esa noche, por primera vez en días, pudo dormir sabiendo que la elección no la haría el miedo, sino ella.

7.2 La carta rota

La lluvia nocturna había dejado pequeños charcos en el empedrado de la plaza, y un aire húmedo se filtraba entre las casas de Valleverde. Elena cruzó la plaza a paso rápido, envuelta en su chal, sin percatarse de que en ese momento, a unos cientos de metros de distancia, la condesa Bianca Altieri sostenía un papel doblado en cuatro.

Lo había entregado poco antes un sirviente, quien lo encontró en la caja de madera junto a la puerta de servicio de la villa. No tenía remitente, pero la discreta elegancia de la letra y el sutil aroma a tinta fresca bastaron para indicarle a Bianca quién era el autor. Lo abrió lentamente, como quien abre un paquete que no está seguro de querer.

Lorenzo escribió unas líneas, directas y directas: «Me gustaría verte mañana, al atardecer, cerca del puente viejo. Necesito hablar contigo sin testigos». No hubo nada más. Ninguna declaración, ningún detalle, pero para la condesa, esas palabras ya eran un arma.

Se levantó de la silla, se acercó a la chimenea encendida y, sin dudarlo, arrojó el papel a las llamas. Lo vio curvarse y ennegrecerse, hasta que solo quedaron fragmentos de ceniza, que flotaban hacia la repisa. «Él no decidirá el final de esta historia», murmuró, como para convencerse a sí misma.

Elena, ajena a todo, pasó el día entre clases y corrigiendo tareas. Alrededor del mediodía, Sofía entró en la escuela para traerle pan fresco. "¿Te espero esta tarde?", preguntó Elena. "No puedo, tengo que visitar a mi tía en Collemare . Pero volveré mañana", respondió su amiga, mirándola con curiosidad. "Tienes un aspecto extraño, como si estuvieras esperando algo". "Quizás estoy esperando", respondió Elena con una leve sonrisa.

La tarde transcurría lentamente. Con cada hora que pasaba, la sensación de que algo se movía aumentaba. Lorenzo no la había contactado desde su última conversación, pero ella lo conocía lo suficiente como para saber que no se quedaría quieto. Sin embargo, al atardecer, no llegó ningún mensajero, ninguna nota.

En la villa, Lorenzo se sentía intranquilo. Había confiado la carta a un sirviente de confianza, con instrucciones de entregarla sin que nadie más lo supiera. Pero esa tarde, el sirviente desapareció, y durante la cena la condesa apareció con expresión impenetrable, evitando mencionar la escuela o el jardín. Lorenzo comprendió. No cuestionó, no acusó. Pero en su mente, la imagen de una hoja de papel quemada se hizo nítida.

Esa noche, Elena salió de casa, fingiendo ante su madre que quería tomar el aire fresco. Se dirigió hacia el viejo puente, como si siguiera una corazonada. Cuando llegó, el cielo ya estaba teñido de púrpura y el río reflejaba las primeras estrellas. Esperó. Pasaron diez, quince minutos. Ni pasos, ni voces. El silencio la envolvió como una manta húmeda. Se sentó en el muro del puente, observando el agua oscura fluir bajo ella. Quizás lo había malinterpretado. O quizás... Pero descartó rápidamente la idea, pues no quería llenar el vacío con sospechas.

Al regresar al pueblo, se cruzó con Giovanni Rinaldi, que salía de la taberna. "¿Un paseo nocturno?", preguntó con su habitual sonrisa torcida. "Di un paseo para tomar el aire fresco", respondió Elena, sin aminorar el paso. "Dicen que el aire cerca del puente es... estimulante", añadió, en un tono que dejaba claro que no se había perdido nada.

A la mañana siguiente, Lorenzo logró enviar un breve mensaje a través de un chico del pueblo: «No pude. No fue mi elección. Te lo explicaré pronto». Elena lo leyó tres veces, buscando un significado oculto en las palabras. La letra era firme, pero en el fondo percibió tensión, como si a Lorenzo le hubiera costado decir tan poco.

Sofía llegó poco después, y Elena le contó todo. «Si la carta no ha llegado, alguien la ha impedido», dijo su amiga. «¿Y quién, si no...?». «No hace falta decirlo», la interrumpió Sofía. «Pero si está dispuesta a hacer esto, podemos esperar peores consecuencias».

Ese día fue el más largo de la semana pasada. Elena continuó enseñando, sonriendo a los niños, corrigiendo con paciencia sus errores, pero de vez en cuando las palabras se le escapaban en la garganta, como si temiera que alguien pudiera leerle el pensamiento. Esa noche, cerró la puerta principal y se sentó junto a la ventana, mirando hacia la colina donde la villa brillaba con luces amarillas. Allí, entre esos muros, estaba la respuesta. Pero mientras la Condesa llevara las riendas, Elena sabía que cualquier intento de comunicarse con Lorenzo podría convertirse en un arma contra ellos. Y, por primera vez, se preguntó si era ella quien debía dar el siguiente paso.

7.3 Un juramento bajo la lluvia

El cielo estaba cubierto de nubes oscuras desde la mañana, y un viento fuerte soplaba por las estrechas calles de Valleverde, trayendo el olor a lluvia inminente. Elena pasó todo el día en la escuela, moviéndose entre los pupitres como si su cuerpo estuviera presente pero su mente en otra parte. Las palabras de Giovanni, la carta que nunca llegó y la tensión que se cernía sobre ella y Lorenzo la agobiaban como una capa empapada. Sintió que una aclaración era inevitable.

Ya entrada la tarde recibió el mensaje. No estaba escrito, sino hablado por una niña del pueblo, hija de un granjero que trabajaba en la finca. «El señor Lorenzo dice que nos encontremos con él esta noche, cerca del fresno grande, el que está detrás del molino. Dice que es importante». La niña pronunció las palabras rápidamente, como si fueran un secreto que debía ser revelado rápidamente.

Elena asintió, le dio las gracias e inmediatamente metió la nota mental en sus pensamientos más urgentes. Tuvo tiempo de volver a casa, cambiarse y llegar al lugar antes del anochecer. Pero cuando salió, las primeras gotas ya caían sobre el pavimento, frías y pesadas.

El camino al molino estaba bordeado de campos que se extendían hasta las colinas. El alto fresno llevaba allí más tiempo que cualquier habitante de Valleverde, con raíces profundas y ramas tan anchas como brazos extendidos. La lluvia arreciaba a medida que Elena se acercaba, empapando su chal y haciendo que el suelo estuviera resbaladizo.

Lorenzo ya estaba allí, apoyado en el tronco, con el sombrero calado hasta los ojos y la capa cayéndole hasta las rodillas. Al verla acercarse, se apartó del árbol y caminó hacia ella. No hicieron falta palabras de saludo: sus miradas bastaron para decirse lo difícil que había sido llegar hasta allí.

—Sé lo de la carta —dijo Elena, aferrándose a su chal—. O mejor dicho, sé que nunca llegó.
—La condesa lo interceptó —respondió sin dudar—. No puedo demostrarlo, pero no tengo dudas.

Un trueno lejano sacudió el aire entre ellos. La lluvia caía con más fuerza, azotando las hojas y corriendo en riachuelos por el tronco del fresno.

"Giovanni me amenazó", dijo Elena, mirándolo a los ojos. "Quiere que me aleje de ti. Dice que si no lo hago, contará historias que podrían costarme la escuela".
—Y si cedemos, esas historias no dejarán de llegar —respondió Lorenzo—. Quieren dividirnos, Elena. Y no lo hacen por nuestro bien.

Lo sabía. Lo sabía desde hacía mucho tiempo, pero oírlo así, con la lluvia golpeándole las mejillas como dedos fríos, lo hizo más real y urgente.

"No sé cuánto tiempo podré soportar esta presión", admitió. "Pero sé que no quiero decidir porque tengo miedo".

Lorenzo se acercó, lo suficientemente cerca para que sus voces permanecieran entre ellos y la lluvia.

—Entonces prometámonos esto aquí y ahora. Que pase lo que pase, no elegirán por nosotros.

Elena lo miró y, por un instante, el sonido de la lluvia pareció desvanecerse. Sintió que el corazón le latía con fuerza, no solo por las palabras, sino por el peso de su significado. Un juramento en ese momento no era un gesto romántico: era un acto de resistencia.

—Te lo prometo —dijo con suavidad pero firmeza—. Mientras tenga fuerzas, no dejaré que me alejes de ti.
—Y te prometo —respondió Lorenzo— que encontraré la manera de protegerte de todo esto. Aunque tenga que enfrentarme a ellos uno por uno.

Permanecieron así, inmóviles bajo el fresno, mientras el agua goteaba de las ramas en gruesas gotas que caían sobre sus hombros. El viento traía consigo el olor a tierra mojada y un sutil frío que les penetraba la ropa, pero ninguno retrocedió un paso.

Cuando finalmente se pusieron en marcha, fue porque la luz se desvanecía rápidamente. Caminaron juntos un rato, hasta que el camino se bifurcó. Lorenzo tomó el camino hacia la villa, Elena el que iba al pueblo. Ninguno miró atrás: sabían que, si lo hubieran hecho, la tentación de volver habría sido demasiado fuerte.

Esa noche, en la cama fría, Elena revivió cada palabra y cada mirada. El sonido de la lluvia golpeando el techo aún parecía presente, como testigo del pacto que acababan de hacer. No sabía cuánto durarían, pero sabía que ahora su lucha no era solo contra quienes querían separarlas: también era contra el tiempo, la paciencia ajena y las inevitables pruebas que vendrían.

VIII

La fractura

8.1 La muerte del patriarca

El día empezó con un silencio extraño, de esos que parecen suspendidos ante noticias importantes. En la escuela, los niños estaban más callados que de costumbre, como si también percibieran un cambio en el ambiente. Elena estaba corrigiendo un examen en su escritorio cuando vio a Sofía aparecer en la puerta con el rostro tenso. No dijo nada, solo le hizo un gesto para que saliera un momento.

Afuera, en el umbral, Sofía bajó la voz. «El padre de Lorenzo murió anoche». Las palabras, secas y sencillas, se tensaron entre ellos como un hilo. Elena permaneció en silencio, intentando procesarlo. Sabía que el viejo marqués llevaba un tiempo enfermo, pero siempre había sido la imagen de un hombre que, a pesar de su enfermedad, ejercía un poder profundo.

—¿Cómo lo obtuvo Lorenzo? —preguntó finalmente—. No lo sé. Pero sí sé que, por ahora, la condesa tendrá el control de la villa y las tierras. Ella es la albacea testamentaria hasta que se liquide la herencia.

Esas palabras le dieron más peso a la noticia. Elena regresó a clase, pero su mente estaba en otra parte. Imaginó la villa envuelta en luto, las cortinas oscuras en las ventanas, el personal moviéndose lentamente. También imaginó a Lorenzo, presa de un dolor íntimo que no podía compartir libremente con ella.

Esa tarde, en cuanto terminó la escuela, subió la colina. No tenía ningún plan específico, solo la necesidad de estar cerca de alguna manera. Al acercarse a la villa, vio un flujo constante de carruajes y sirvientes. No podía presentarse en la puerta principal, así que se mantuvo a distancia, observando desde detrás de una hilera de cipreses.

La gran puerta se abrió y emergió un grupo de hombres con trajes oscuros. Entre ellos, Lorenzo. Vestía de luto con una serenidad que resultaba dolorosa de ver. Habló con uno de ellos y se detuvo un momento, como si presentiera algo. Su mirada se dirigió hacia donde se escondía Elena, pero no estaba seguro de verla. Instintivamente, ella retrocedió un paso, permaneciendo en las sombras.

Regresó a casa con el corazón apesadumbrado. Esa noche, mientras ayudaba a su madre a preparar la cena, oyó el crepitar de la leña en la chimenea y pensó que, en la villa, el fuego probablemente ardía en todas las habitaciones, creando un silencio aún mayor.

Dos días después, la noticia de la muerte del Marqués estaba en boca de todos. En la tienda, en la posada, en la plaza, todos tenían algo que decir. Algunos elogiaban su gestión estricta pero justa, otros recordaban deudas pendientes o favores concedidos solo a unos pocos. Para Elena, escuchar esas voces era una forma indirecta de mantenerse cerca de Lorenzo.

Sofía le trajo noticias. «He oído que la condesa ya está tomando decisiones. Ha ordenado un inventario de las tierras y las bodegas. Quiere revisar los contratos con los aparceros». Elena no se sorprendió. Con la administración temporal, Bianca tenía el poder de influir en todos los aspectos de la vida económica de Valleverde. Y eso también significaba que contaba con nuevas herramientas para frustrar cualquier cosa que no aprobara.

Esa noche, al cerrar las persianas, Elena pensó en cómo el duelo, aunque un momento de fragilidad, podía convertirse en una oportunidad para que otros consolidaran su control. Sabía que los días venideros serían delicados, y que Lorenzo tendría que encontrar un equilibrio entre el respeto por la muerte de su padre y la necesidad de defender lo que le pertenecía.

Al tercer día, un mensajero llegó a la escuela. Traía una nota breve, escrita a toda prisa: «No puedo verte. Es demasiado peligroso ahora mismo. Pero quiero que sepas que estoy pensando en ti». Eso solo bastó para que se diera cuenta de lo cerca que estaba el círculo que lo rodeaba. No había palabras tiernas, solo la consciencia de un vínculo que debía permanecer oculto.

La noche del funeral, Elena observó desde su ventana cómo las luces descendían de la colina hacia el cementerio. Los carruajes avanzaban lentamente bajo la llovizna, y las sombras negras de los dolientes parecían figuras esculpidas en la oscuridad. Incapaz de estar presente, susurró una oración en silencio, más por Lorenzo que por el difunto.

Cuando las luces regresaron a la villa y el pueblo volvió a quedar en silencio, Elena comprendió que su muerte no solo había marcado el fin de un hombre, sino que había inaugurado una nueva era en la que el poder de la Condesa sería más fuerte que nunca. Y en ese pensamiento se reflejaban tanto el miedo como la determinación de no dejarlo prevalecer.

8.2 El ultimátum

Al día siguiente del funeral, Valleverde despertó en una calma inquietante. El eco de pasos lentos y oraciones susurradas aún resonaba en las calles, como si el pueblo mismo estuviera de luto en silencio. Pero dentro de la villa, el aire era todo menos tranquilo. Elena no podía verlo, pero lo imaginaba: Bianca, sentada en el gran salón, con la mirada fija en la mesa de roble, con un plan ya trazado en su mente.

En la escuela, la mañana transcurría entre ejercicios de aritmética y lecturas, pero Elena sentía una inquietud inexplicable. Al mediodía, mientras los niños se concentraban en sus cuadernos, vio una figura de pie frente a la puerta: era uno de los sirvientes de la villa. Traía un mensaje para ella, escrito con pocas palabras formales: «Reunión urgente. Mañana al amanecer, en el invernadero. No se lo pierda». No estaba firmado, pero el tono no dejaba lugar a dudas sobre quién lo había enviado.

La noche transcurrió lentamente. Elena intentó imaginar qué querría decirle la condesa. Quizás había descubierto más detalles sobre su relación con Lorenzo, quizás simplemente quería reafirmar la distancia que sentía necesaria. Pero una palabra seguía dando vueltas en su mente: ultimátum.

Al amanecer, la niebla cubría los campos y senderos como un velo lechoso. Elena caminaba por el camino hacia la villa con el paso de quien sabe que cada paso la acerca a un momento que podría cambiarlo todo. En el jardín de invierno, las ventanas empañadas revelaban la elegante figura de Bianca Altieri, de pie ante una mesa baja, junto a una tetera humeante.

—Siéntese, por favor —dijo la condesa, señalando un sillón. Su voz era tranquila pero cortante. Elena obedeció, mirándola fijamente. Bianca sirvió el té y guardó silencio unos segundos, como si eligiera sus palabras con cuidado.

—Supongo que sabes por qué te llamé. —Elena no respondió—. Lorenzo está en una situación delicada. Ahora que su padre ya no está, todos sus movimientos están bajo vigilancia. Acreedores, vecinos y familiares lo vigilan... y a su alrededor.

Elena percibió que cada sílaba tenía un peso considerable. «Si quieres lo mejor para Lorenzo y lo tuyo, solo hay una opción lógica: marcharte. Hazlo definitivamente, sin ambigüedades. A cambio, me aseguraré de que la herencia se transfiera sin trabas y de que tu puesto en la escuela permanezca intacto».

No había ira en la voz de Bianca, solo la confianza de alguien acostumbrado a conseguir lo que quiere. Elena se obligó a mantener la respiración tranquila. "¿Y si no lo consigo?", preguntó.

La condesa se inclinó ligeramente hacia delante. «Si no lo haces, no puedo garantizar que Lorenzo tenga los recursos para mantener la villa y las tierras. Ni que tu reputación sobreviva a lo que sigue. A la gente le encantan los escándalos, sobre todo cuando confirman lo que sospechan».

El silencio que siguió fue denso. Elena podía oír el tictac lejano de un reloj y el suave silbido de la lluvia contra las ventanas. Nadie apartó la mirada. Bianca tenía la expresión congelada de quien acaba de hacer su movimiento, segura de que su oponente no tiene contraataques válidos.

—Tómate un día para pensarlo —dijo finalmente la condesa, levantándose—. Después, espero tu decisión.

Elena salió de la villa con el corazón apesadumbrado. Cada paso por el camino de entrada parecía más difícil que el anterior. La niebla se disipaba, revelando la silueta de las colinas y el campanario del pueblo, pero para ella, todo parecía borroso.

En casa, encontró a Sofía esperándolo. Le contó cada palabra, sin omitir nada. Sofía escuchó en silencio y luego dijo: «Es un chantaje disfrazado de consejo. Pero no estás obligado a responder como ella espera».

—Si me niego, podría arruinarle la vida a Lorenzo —dijo Elena con voz débil—. Si acepto, lo perderé.

Pasó el resto del día intentando cumplir con sus obligaciones, pero cada acción era automática. Esa noche no durmió. No dejaba de imaginar la cara de Lorenzo al enterarse del ultimátum. Se preguntaba si le pediría que se resistiera o, para protegerla, que aceptara.

Al amanecer, Elena comprendió que la decisión no podía tomarse solo con la cabeza ni con el corazón: ambos caminos implicaban pérdida. Pero en el fondo, sabía que el silencio sería la verdadera rendición.

8.3 El consejo del párroco

El domingo por la mañana, la campana de la iglesia de San Michele resonó con un ritmo lento y profundo, cada tañido puntuando como si quisiera imprimir una silenciosa advertencia en el corazón de Valleverde. Era una mañana húmeda, de esas en las que el cielo se extiende en una extensión gris uniforme y el aliento se mezcla con la niebla. Elena caminó hacia la misa con el paso de quien preferiría permanecer en la sombra. La capucha de su capa le cubría la cabeza, pero sentía que alguien la seguía por la calle adoquinada.

La puerta de la iglesia estaba abierta de par en par, dejando entrar un olor familiar a cera desgastada y madera vieja. Entró y se sentó en las últimas filas, tras una columna que le ofrecía protección parcial contra miradas indiscretas. Conocía bien la capacidad del pueblo para observar sin ser notada: sabía que había mujeres dispuestas a comentar no solo sobre su presencia, sino también sobre el pliegue de su manto o el hecho de que estuviera sola.

Don Ernesto se sentó al altar con su característico aire austero. Era un hombre alto, de hombros ligeramente encorvados, cabello casi completamente blanco y manos nudosas que se movían con estudiada lentitud. Cuando empezó a hablar, su voz llenó la nave, firme pero imbuida de una calidez que se había ganado el respeto de los fieles.

Ese día decidió hablar sobre el sacrificio. Citó las Escrituras, explicando cómo el amor verdadero a veces requiere sacrificios dolorosos, cómo el verdadero bien de quienes amamos no siempre coincide con lo que deseamos para nosotros mismos. Elena escuchaba, pero cada palabra parecía tocar una fibra sensible. Cuanto más hablaba el sacerdote, más parecían sus palabras tomar la forma de un mensaje personal.

Después de la misa, mientras la gente se levantaba lentamente y salía en pequeños grupos, Elena consideró escabullirse sin ser vista. Pero no tuvo tiempo de moverse: Don Ernesto, tras saludar a unas señoras mayores, se acercó a ella con paso decidido. «Señorita Elena, ¿podría quedarse un momento en la sacristía? Es solo cuestión de tiempo». Su tono era cortés, pero no dejaba lugar a negativas.

La sacristía estaba bañada por una tenue luz que se filtraba a través de las vidrieras. El olor a incienso flotaba en el aire. El párroco señaló una silla cerca de una pequeña mesa de madera. «Supongo que ya sabe a qué me refiero», empezó, juntando las manos y mirándola fijamente. Elena evitó responder, apretando los labios.

"El país está… inquieto", continuó. "Hay rumores, y no siempre son buenos. Ustedes desempeñan un papel importante en la comunidad, y aprecio profundamente el trabajo que hacen con los niños. Pero a veces, proteger lo que amamos significa dar un paso atrás".

Elena lo miró, sintiendo una oleada de inquietud. «Padre, no estoy haciendo nada malo».

Don Ernesto asintió lentamente. —No cuestiono su honestidad. Pero las percepciones importan más que los hechos, sobre todo en un lugar como este. La gente ve, interpreta, y no siempre con justicia. Lorenzo se encuentra en una situación delicada y, tras la muerte de su padre, cada movimiento está bajo escrutinio. La condesa ha asumido el control total de la villa y no dudará en usar su influencia. Tú, Elena, estás atrapada en medio de una tormenta que tú misma has elegido.

Esas palabras sonaban demasiado parecidas a las que Bianca le había dicho días antes, pero aquí el tono era diferente: menos duro, más envuelto en un velo de preocupación. Aun así, el mensaje era el mismo.

—¿Estás sugiriendo que debería renunciar a él? —preguntó Elena con voz firme pero con un toque de amargura.

"No sugiero nada, solo ofrezco una reflexión", dijo el párroco, inclinándose ligeramente hacia adelante. "A veces, un acto de renuncia es un acto de responsabilidad. Alejarse ahora podría salvaguardar no solo su reputación y su trabajo, sino también el futuro de Lorenzo. Las tormentas pasan, pero las cicatrices que dejan pueden ser eternas. Quizás, algún día, las circunstancias cambien y puedan reencontrarse. Pero hoy... hoy, el riesgo es demasiado grande."

Elena sintió un nudo en la garganta. No supo si esas palabras nacían de una sincera preocupación o si el sacerdote, consciente o inconscientemente, actuaba como portavoz de la condesa. «Si lo dejara», pensó, «no sería un acto de responsabilidad, sino de rendición».

—Padre, ¿de verdad cree que podría vivir sabiendo que me alejé no por elección, sino por miedo? —preguntó con un dejo de desafío.

Don Ernesto la miró largo rato. «No es miedo, hija mía. Es prudencia. Y es un regalo que pocos saben dar a quien aman».

No respondió. Sabía que cualquier cosa que dijera se interpretaría como la terquedad de una joven enamorada, incapaz de ver el panorama general. Finalmente, simplemente dijo: «Lo pensaré».

Al salir, el aire estaba cargado con el olor a lluvia recién caída. La plaza estaba casi vacía, solo unos niños correteaban alrededor de la fuente. El lejano sonido de un martillo provenía de la herrería. Todo parecía seguir como siempre, pero Elena sentía que algo cambiaba en su interior.

En casa, encontró a su madre ocupada pelando manzanas para un pastel. No dijo nada sobre la reunión, pero pasó la tarde con la mente atrapada entre dos voces: la firme y autoritaria de Bianca y la tranquila y paternal voz de Don Ernesto. Dos enfoques diferentes, un mismo objetivo: separarlos.

Y fue en esa confusión que una nueva idea cobró forma. Quizás no se trataba solo de salvar su amor por Lorenzo, sino de defender su derecho a elegir por sí misma. Quizás su resistencia no fuera un acto de obstinación, sino de dignidad.

Esa noche, a la luz parpadeante de la lámpara de queroseno, abrió un cuaderno en blanco y empezó a escribir. No era una carta a Lorenzo, todavía no, sino palabras para sí misma. Una promesa silenciosa de no permitir que otros decidieran por ella qué valía la pena proteger.

IX

La elección

9.1 Enfrentamiento entre madre e hijo

La tarde caía lentamente sobre la villa, bañando las habitaciones con un resplandor dorado que se filtraba a través de los altos ventanales de la biblioteca. Afuera, el viento agitaba suavemente las cortinas de lino y traía consigo el aroma húmedo de la tierra, señal de que el día estaba cambiando. Lorenzo permanecía inmóvil frente al ventanal principal, con las manos entrelazadas a la espalda, la mirada perdida en las hileras de vides que trepaban por la ladera. Eran las mismas vides que su padre había plantado cuando aún era niño, y en ese momento le parecieron más que nunca un símbolo de lo que se arriesgaba a perder.

El tictac del reloj marcaba un ritmo regular, casi hipnótico. Lorenzo acababa de regresar de una reunión con el notario para hablar de asuntos de herencia, pero los números y las cláusulas legales permanecían grabados en su memoria solo como un zumbido lejano. Su mente estaba concentrada en otra conversación, una que sabía que ocurriría en cualquier momento.

Oyó pasos decididos acercándose por el pasillo y no necesitó girarse para reconocer quién era. La puerta se abrió sin llamar. Bianca Altieri entró como si la habitación fuera una extensión natural de su voluntad. Llevaba un vestido de seda negra, señal de luto, y un fino velo cubría parcialmente su cabello recogido. A pesar de su modesta vestimenta, cada gesto suyo destilaba control y autoridad.

“Necesitamos hablar”, dijo sin preámbulos, con la voz firme y modulada como en una negociación oficial.

—Ya me lo imaginaba —respondió Lorenzo, sin apartar la mirada de la ventana. Solo después de unos segundos se giró lentamente y la encaró.

Bianca rodeó el escritorio central, se sentó en la silla de cuero y juntó las manos con fingida calma. «Esperé unos días después del funeral para que pudieras pensar. Pero ahora es momento de actuar. Elena debe irse de tu vida. No hay lugar para ella en esta familia, y lo sabes».

Lorenzo respiró hondo. «Lo que sé», dijo, «es que ya no tienes derecho a decidir por mí. Ya no. Mi padre ha muerto, y con él, la excusa que tenías para tratarme como a un niño».

La Condesa lo miró con una pizca de decepción que rápidamente se transformó en una sonrisa fría. «No se trata de tratarte como a un niño. Se trata de proteger lo que es nuestro. El apellido Altieri, nuestra posición, nuestras tierras. Todo lo que poseemos puede desvanecerse en un instante si te dejas llevar por la impulsividad».

¿Impulsividad? ¿A eso le llamas amor? —replicó Lorenzo, alzando la voz—. Para ti, es solo un obstáculo que hay que eliminar. Pero para mí, es lo único real entre tanta teatralidad de las apariencias.

—Eres irrealista, Lorenzo. Hombres como tú no pueden permitirse amar a mujeres como ella. —Bianca se levantó, apoyándose con ambas manos en el escritorio, que estaba inclinado hacia él—. No si quieren sobrevivir en este mundo.

"¿Qué pasa si no quiero sobrevivir en tus términos?"

Por un instante, el rostro de la condesa se endureció. No estaba acostumbrada a que la desafiaran abiertamente, y menos por su hijo. «Esto no es un juego», dijo en voz baja pero cortante. «Hay familias ahí fuera esperando que cometamos un desliz. Acreedores listos para abalanzarse sobre nosotras. Contratos que tu padre se esforzó tanto por cumplir. ¿Y estarías dispuesta a echarlo todo por la borda por ella?»

Lorenzo se acercó un paso más, acortando la distancia entre ellos a unos pocos centímetros. "Sí. Porque lo que tú llamas 'desperdiciar', yo lo llamo vivir. No quiero pasarme la vida protegiendo un legado si el precio es renunciar a quien amo."

El silencio en la habitación se hizo más denso. A través de la ventana, el cielo se había teñido de un naranja oscuro, presagio de tormenta. Bianca lo miró fijamente, sopesando cada palabra, cada respiración. «Si así es como quieres jugar», dijo finalmente, «no esperes que te proteja cuando todo se derrumbe. Y lo hará, Lorenzo. Porque ella no tiene los hombros para soportar el peso de esta casa y nuestra historia».

No necesita asaltar esta casa. Solo necesita estar a mi lado. Nos enfrentaremos al resto juntos.

La Condesa dejó escapar un suspiro de desaprobación y se giró hacia la puerta. Antes de irse, dijo una última cosa: «Recuerda, te lo advertí».

Cuando se quedó solo, Lorenzo permaneció de pie, con las manos apoyadas en el borde del escritorio. Podía oír el latido de su corazón latiendo en sus oídos. Sabía que este enfrentamiento no había sido un incidente aislado, sino el comienzo de una guerra abierta. Una guerra que no se libraría solo con palabras, sino con todos los medios que Bianca pudiera encontrar para doblegarlo.

Salió a la terraza a respirar. A sus pies, el jardín ya estaba envuelto en las primeras sombras del atardecer. Miró hacia el pueblo, las luces que empezaban a encenderse, y pensó en Elena. Quería correr hacia ella, contarle cada palabra, pero presentía que hacerlo solo la pondría aún más en la mira de su madre. Por ahora, lo único que podía hacer era resistirse.

Y en ese momento, bajo el cielo que se preparaba para la tormenta, Lorenzo se hizo una promesa silenciosa: no cedería, costara lo que costara.

9.2 El sacrificio firmado

La luz se filtraba oblicuamente por las contraventanas de la notaría, proyectando finas ráfagas de polvo suspendidas en el aire. Lorenzo estaba sentado ante el gran escritorio de nogal, con las manos entrelazadas y los nudillos empezando a blanquearse. Frente a él, el notario Bartolini ordenaba una pila de documentos con la precisión de quien comprende el peso de las palabras escritas en papel.

Afuera, el sonido apagado de las ruedas de una carreta y el paso firme de un caballo marcaban el paso. Cada sonido parecía más nítido que de costumbre, como si la realidad misma quisiera grabar ese momento en la memoria de Lorenzo. Había dormido poco la noche anterior. Tras el altercado con su madre, la decisión se había convertido en una idea inamovible: si la única condición para conservar la herencia era renunciar a Elena, entonces la herencia no valía nada.

Bartolini levantó la vista; era un hombre bajo y robusto, con bigote recortado y una expresión que oscilaba entre la neutralidad profesional y un vago desagrado. «Señor Altieri, ¿sabe que al firmar este documento renuncia a todos los derechos sobre la herencia directa dejada por su padre? Esto incluye la propiedad de la finca, las tierras y la gestión de la producción vinícola y agrícola».

—Lo sé —respondió Lorenzo con voz firme a pesar de los fuertes latidos de su corazón.

—No puedo ocultarle que esta es una decisión… inusual —añadió el notario, inclinando ligeramente la cabeza—.

Sobre todo para un hombre de su posición. No me atrevo a juzgar, pero las circunstancias…

—Las circunstancias no son un asunto de derecho —interrumpió Lorenzo con tono cortés pero firme—. Y el motivo de esta firma es mío y solo mío.

Bartolini asintió y tomó la pluma, mojándola con calma en tinta. «Entonces firme aquí, debajo de la declaración».

Lorenzo cogió la pluma. Por un instante, su mente se llenó de imágenes: las colinas doradas en verano, el patio de la villa durante las vacaciones, el penetrante aroma de los barriles de vino nuevo, el rostro de su padre guiándolo en sus primeras tareas agrícolas. Era toda su vida, y estaba a punto de dejarla ir. Pero entre todas esas imágenes, una destacaba: Elena, de pie frente a la escuela, con el pelo al viento y la sonrisa que amaba más que cualquier posesión.

Colocó el bolígrafo sobre el papel y escribió su nombre con un trazo grueso. Al secarse la tinta, sintió una sensación de vacío y alivio fundirse en un solo aliento.

Bartolini tomó el documento, lo examinó y lo apartó. «Bien. A partir de ahora, el control de la herencia pasa a la condesa Bianca Altieri. Usted, señor Lorenzo, recibirá solo la parte legalmente exigida de los activos líquidos. Supongo que ya conoce la cantidad».

—No me importa la cantidad —respondió Lorenzo poniéndose de pie.

Al salir del estudio, el aire fresco de la calle le golpeó la cara. El sol se ponía, tiñendo de naranja los tejados de Valleverde. Cada paso lo acercaba a Elena, que lo esperaba, inconsciente. No le había dicho nada, para protegerla del peso de la decisión, hasta el último momento.

El camino a la escuela fue un torbellino de saludos distraídos y miradas curiosas. Algunos lo observaban con respeto, otros con una sospecha apenas disimulada. Sabía que pronto empezarían a correr rumores.

Al llegar, la vio salir por la puerta principal con un fajo de cuadernos bajo el brazo. Se le iluminó el rostro al verlo. «No pensé que te vería hoy», dijo, acercándose.

"Hay algo que tengo que decirte", respondió Lorenzo.

Se sentaron en un banco de piedra a la sombra de un viejo olmo. Lorenzo la miró a los ojos y sintió un nudo en la garganta. «Firmé ante notario. Renuncié a mi herencia».

Elena abrió mucho los ojos. "¿Qué? ¿Por qué? Lorenzo, ¿esto significa..."

Significa que ya no tendré la villa, el terreno ni la administración de la finca. Pero también significa que nadie podrá usarte como moneda de cambio ni amenazarme para obedecer. Te elegí. Y lo volvería a hacer.

Guardó silencio un momento, como intentando asimilar el peso de esas palabras. Luego dejó los cuadernos a su lado y le tomó las manos. «No sé si abrazarte o regañarte», dijo con una media sonrisa.

"Puedes hacer ambas cosas", respondió, y luego, por primera vez en días, se rió.

Mientras el sol se ponía tras las colinas, Elena apoyó la cabeza en su hombro. Ninguno de los dos sabía qué les depararía el futuro, pero ambos sabían que habían elegido el mismo camino, y eso les bastaba.

9.3 Elena inconsciente

La mañana siguiente amaneció con un cielo despejado, un azul sin nubes y una brisa cálida que entraba por la ventana del dormitorio de Elena, apenas moviendo las cortinas blancas. Despertó antes de que sonara la campana de la iglesia, aún envuelta en el calor de las mantas. Por un momento permaneció allí, escuchando el lejano ruido de un carruaje que pasaba por la carretera principal y el rítmico canto de los pájaros en los tilos. El rostro de Lorenzo de la noche anterior regresó a ella: esa breve sonrisa, casi culpable, y esas palabras que aún no lograba interpretar del todo. «Te elegí a ti», le había dicho, y, con el corazón en un puño, simplemente le apretó la mano.

Se levantó, se puso un vestido claro con florecitas y se recogió el pelo en una trenza suelta. La cocina aún olía a pan duro y a café del día anterior. Llenó la cafetera, añadió agua y esperó a que el olor tan familiar anunciara el primer hervor. Sentada a la mesa, bebió lentamente, dejando vagar su mente. No le había pedido explicaciones a Lorenzo. No quería obligarlo a decir algo que tal vez no estuviera listo para compartir.

Salió de casa con el fajo de cuadernos bajo el brazo y la mochila colgada del hombro. Las calles de Valleverde ya bullían: el panadero sacudía la harina de su mostrador, una mujer tendía ropa de colores en el balcón, y el viejo Cesare, sentado frente a la tienda, la saludó con la mano. «Buenos días, maestra», dijo con esa voz ronca que parecía tener dificultades para salir. Elena le devolvió el saludo, sin percatarse de que tras algunas de esas miradas se escondían chismes sobre ella.

En la escuela, el patio era un pequeño torbellino de voces y carreras. Los niños acudían en masa a ella, algunos trayendo dibujos, otros pidiendo que los interrogara de inmediato para "terminar con esto de una vez". Durante las primeras horas, Elena se sumergió en su trabajo, resolviendo problemas de aritmética y leyendo en voz alta. Su vivacidad era un bálsamo, un recordatorio de la parte más sencilla y auténtica de su vida.
A media mañana, mientras estaba inclinada corrigiendo un trabajo, Sofía entró al aula con una cesta de cuadernos nuevos. Tenía un aspecto extraño, como si se guardara algo. "¿Oíste eso?", preguntó en voz baja, acercándose.

Elena levantó la vista. "¿Qué has oído?"

Sofía dudó, con una sonrisa forzada. «Mejor no te lo cuento». Luego, con un gesto rápido, cambió de tema y le contó sobre la reunión de exalumnos programada para la semana que viene.

Elena no insistió. Estaba acostumbrada a las frases a medias, a los silencios densos que a menudo circulaban en el pueblo. Continuó la lección, pero una pequeña duda la asaltó. ¿Quizás Lorenzo había hablado con alguien? ¿O quizás se trataba de ella?

Después de la escuela, salió al sol de la tarde. El camino a casa estaba bordeado de hileras de olmos, que proyectaban tenues sombras sobre el pavimento. Al pasar frente a la zapatería, el Sr. Bianchi, un anciano aparcero de la finca

Altieri, la saludó con su habitual respeto. «Que tenga un buen día, maestra», le dijo, y luego añadió, como para sí mismo: «El mundo cambia rápido, ¿verdad?». Antes de que pudiera pedirle una aclaración, él ya había vuelto a entrar en la tienda, dejándola con una extraña sensación de incompletitud.

En casa, encontró a su madre sentada junto a la ventana, remendando una camisa. «Pareces pensativa», dijo la mujer, observándola. Elena se encogió de hombros. «Quizás solo sea cansancio». No quería admitir que la acumulación de frases inconclusas y miradas extrañas empezaba a darle la impresión de que había una verdad que no comprendía.

Empezó a preparar la cena: picó las verduras con movimientos pausados, escuchando el crujir del aceite en la sartén. El cielo estaba teñido de un cálido naranja. Mientras colocaba el pan en la mesa, llamaron a la puerta. Era Lorenzo, con un ramo de flores silvestres en la mano.

"Para ti", dijo, entregándoselos sin dar explicaciones.

Elena los tomó, sintiendo una repentina calidez en el rostro. «Son preciosos. Estás de buen humor hoy».

"Quizás" respondió con una media sonrisa. "¿Y tú?"

Un día normal, salvo por algún que otro comentario misterioso. Pero dime... ¿qué te hace tan feliz?

Lorenzo le tomó la mano. «Acabo de darme cuenta de lo que realmente importa».

Lo miró a los ojos, intentando leer más allá de esas palabras, pero solo encontró un cariño intenso y silencioso. Decidió no presionar: si había algo que él necesitara saber, sería él quien se lo dijera. No podía imaginar que el hombre que tenía ante ella hubiera renunciado a todo lo que lo había definido hasta ese momento solo para evitar perderla.

Cenaron juntos, charlando de pequeños sucesos del pueblo: la inminente boda de la hija del farmacéutico, la llegada de los nuevos útiles escolares, una pelea entre dos granjeros por el límite de un campo. De vez en cuando, Elena reía, y Lorenzo, en esos momentos, simplemente la miraba, como intentando grabar cada detalle en su memoria: la curva de sus labios, cómo bajaba la mirada cuando reía de verdad.

Cuando se levantó para irse, ella lo acompañó hasta la puerta. "¿Me recogerás mañana después de la escuela?", preguntó.

“Por supuesto” respondió él, apretándole la mano un poco más fuerte de lo habitual.

A solas, Elena se quedó unos segundos en la puerta, contemplando la calle vacía. Sentía a su lado a un hombre dispuesto a hacer mucho por ella, pero aún no podía imaginar hasta dónde había llegado. Se dijo que quizás algunas verdades podían esperar, que el tiempo revelaría lo que ahora estaba oculto. Luego regresó a casa, cerró la puerta y dejó las flores en la mesita de noche, dejando que su aroma llenara la habitación como una promesa silenciosa.

X

El Nuevo Horizonte

10.1 Unión pública

La mañana del domingo se anunciaba con un largo y solemne repique de la campana de San Michele, que se extendía por las colinas y rebotaba en las fachadas de las casas, como un llamado ancestral que nadie podía ignorar. La luz del amanecer se filtraba lentamente sobre los tejados rojos, los balcones floridos y las piedras desgastadas de la plaza. Era día de mercado, y desde la madrugada el pueblo vibraba de vida: carros cargados de fruta, sacos de harina, telas cuidadosamente dobladas, voces que se superponían entre saludos, regateos y risas.

Elena se había despertado temprano, mucho antes de que la plaza se llenara. Se quedó frente al espejo más tiempo de lo habitual. Eligió una falda azul oscuro que le caía suelta hasta los tobillos y una sencilla blusa blanca con botones de nácar. Se había recogido el pelo en un moño bajo, dejando dos mechones sueltos que enmarcaban su rostro. No había vanidad en esa elección, sino la certeza de que esa mañana sería diferente: una aparición pública junto a Lorenzo, ante la mirada de todos.

Cuando llegó, poco después de las nueve, Elena le ajustaba el botón superior del puño. Lorenzo estaba impecable con su traje gris oscuro, el chaleco abotonado y la corbata perfectamente anudada. No parecía el hijo distante e inalcanzable de la aristocracia, sino más bien un hombre decidido a caminar junto a la mujer que amaba, cueste lo que cueste.

Se ofrecieron el brazo y juntos recorrieron la avenida principal. Las piedras desgastadas bajo sus pies parecían contar historias de generaciones pasadas. Cada paso que daban era mesurado, pero no vacilante. Las primeras miradas los seguían desde la esquina de la plaza: curiosas, desconfiadas, complacidas, desaprobatorias. Un par de ancianas, sentadas en un banco, interrumpieron su conversación para observarlos. Más adelante, un grupo de jóvenes agricultores dejó de cargar sacos en una carreta para seguirlos con la mirada.

Lorenzo no bajó la mirada. Saludaba a todos con un gesto cortés, recibiendo saludos igualmente formales o breves asentimientos a cambio. Elena, a su lado, sentía cada mirada como una pequeña aguja rozándole la piel, pero decidió no dejarlo notar.

Al llegar a la plaza, se detuvieron un momento a la sombra del gran olmo que dominaba el centro. "¿Listos?", preguntó Lorenzo en voz baja.

—Más de lo que crees —respondió ella, dándole un ligero apretón en el brazo.

Empezaron a deambular entre los puestos. La plaza era una explosión de color: manzanas rojas dispuestas en pirámide, ramos de lavanda atados con cordel, telas brillantes ondeando al viento. El puesto de Giacomo, el verdulero, era un pequeño teatro de gestos rápidos y comentarios ingeniosos. «Buenos días, señor Altieri... y buenos días a usted, maestro», dijo con una amplia sonrisa, sin delatar ningún juicio.

No todos eran tan neutrales. El farmacéutico, alto y delgado, fingía estar ocupado pidiendo botellas tras el mostrador, ignorándolos. Dos hombres cerca de la herrería se acercaron para charlar, y uno de ellos negó con la cabeza lentamente, como diciendo: «Lo sabía».

Cerca del puesto de miel, la señora Carla los recibió con ojos brillantes. «Miel de la última cosecha», dijo, entregándoles una cuchara de madera, «dulce como la primavera». Lorenzo la probó primero y luego se la dio a Elena. «Está deliciosa», dijo, y Carla asintió como si su aprobación fuera señal de buena suerte.

Continuaron hasta el café de la plaza, el lugar más visible y popular. Sentarse allí, a plena vista, fue su gesto más audaz. Al elegir una mesa cerca del borde, tenían ante sí todo el espectáculo del mercado, pero sabían perfectamente que el verdadero espectáculo, para muchos, eran ellos dos. El camarero, un joven que conocía a Elena, trajo dos cafés con una sonrisa tímida. «La plaza está más animada que de costumbre hoy», comentó, y Lorenzo respondió con un simple «Eso parece».

Mientras tomaban café, Lorenzo puso su mano sobre la de Elena, dejándola allí, visible, sin preocuparse de quién pudiera verlos. «Hoy hemos hecho más ruido que mil palabras», dijo en voz baja.

—Y sin decir nada —respondió ella, percibiendo la verdad de aquel gesto.

Se quedaron allí un buen rato, observando la plaza que bullía a su alrededor. Algunos habían dejado de mirar, otros seguían intercambiando miradas fugaces. Un grupo de niños pasó corriendo, y uno de ellos, al reconocer a Elena, le lanzó un grito de alegría. Ella le devolvió la sonrisa, y en ese instante la tensión pareció disminuir.

Cuando el sol empezó a ponerse, proyectando largas sombras sobre el empedrado, decidieron levantarse. Cruzaron la plaza de nuevo, saludando a todo el que se cruzaba, y giraron hacia la avenida de tilos. Tras ellos, las voces del mercado seguían entrelazándose, pero ahora parecían más lejanas, como si ya se hubieran transformado en una historia que alguien contaría durante la cena, en tono más o menos benévolo.

Ese día, en Valleverde, nadie podía decir que no los había visto. Y eso, para ellos, era suficiente.

10.2 Consecuencias sociales

La mañana del lunes amaneció con un cielo bajo, cargado de nubes grises que solo dejaban filtrar una luz lechosa. El aire estaba denso de humedad y olía a lluvia inminente. Valleverde se movía con la lentitud típica de los días de transición, cuando el cuerpo aún parece atrapado en los sucesos del día anterior. Las campanas de la iglesia acababan de sonar, y las calles comenzaban a llenarse de pasos y voces, pero detrás de cada conversación persistía un eco: la imagen de Elena y Lorenzo sentados en el café de la plaza, un domingo, a la vista de todos.

No había sido un gesto sencillo. En un país como ese, donde la vida de todos se entrelazaba con las historias de los demás y donde cada paso estaba sujeto a observación, aparecer en público significaba romper el acuerdo tácito de discreción que regía las relaciones "no aprobadas". Y la suya no lo era.

Elena caminaba por el sendero hacia la escuela con paso seguro, casi ostentoso, con el rostro relajado pero el estómago tenso. Cada vez que cruzaba la mirada con alguien, sentía un ligero lapsus de atención, como un reflejo que se encendía y apagaba en un abrir y cerrar de ojos. Una anciana, asomada al balcón, le dedicó un rápido y casi distraído asentimiento, mientras dos chicas, sentadas en las escaleras de un supermercado, la seguían con la mirada y reían suavemente. No oyó las palabras, pero el tono fue suficiente para saber que la habían llamado.

Al entrar en la escuela, se encontró con un silencio inusual en la sala de profesores. Sus compañeros, habitualmente enfrascados en un alboroto de quejas y anécdotas, la miraron fijamente un rato antes de volver a sus tareas. Fue Sofía quien rompió el silencio. «Así que ya se han mostrado al mundo», dijo con una sonrisa que oscilaba entre la complicidad y la picardía. «Puede que no a todos les haya gustado, pero a mí sí. Ya era hora de que lo hicieran abiertamente».

Elena asintió, agradeciéndole mentalmente ese apoyo directo. Sabía que otros habrían preferido el silencio, no por malicia, sino por miedo a exponerse.

Las horas de clase transcurrían entre lecturas, calificación de tareas y las risas de los niños. Pero al llegar la hora de la salida, los matices del comportamiento empezaban a revelarse. Algunos padres la saludaban con cariño, intercambiando algunas palabras sobre el rendimiento de sus hijos; otros, como el Sr. Rossi, se limitaban a un breve asentimiento, evitando cualquier conversación. Era un lenguaje no verbal que conocía bien: en un país como ese, la distancia era una declaración en sí misma.

Mientras ella lidiaba con los pequeños cambios en su rutina escolar, Lorenzo experimentaba sus consecuencias en el lugar más visible de la vida social: la plaza. Esa mañana, en el café, había recibido cálidos apretones de manos y sonrisas sinceras, pero también miradas frías y saludos comedidos. Dos viejos amigos de la familia lo habían saludado con la mínima cortesía, mientras que el comerciante de telas, un hombre cuyas opiniones siempre se expresaban sin filtros, le había dicho en voz baja: «Hay que tener valor, chico. No todos lo apreciarán, pero al menos sabrán quién eres».

Por la tarde, al volver a casa, llamaron a Elena desde la puerta abierta de la sastrería. Era Marta, la esposa del dueño. «Ven, siéntate un momento», le dijo, ofreciéndole una taza de té caliente. «No hagas caso a ciertas lenguas. Te vi ayer, y te aseguro que parecías feliz. Y la felicidad, aquí, es como el buen vino: todos la desean, pero no todos soportan verla en manos ajenas».

Esas palabras le reconfortaron el corazón. Pero solo tuvo que salir y dar unos pasos para sentir el peso de una mirada hostil. En el umbral de una casa, una mujer dejó de coser y la siguió con la mirada, sin saludarla. Era un equilibrio inestable: un paso adelante, un paso atrás, entre la aprobación y el aislamiento.

Esa noche, en casa de Lorenzo, su madre no pronunció una sola palabra durante la cena. Bianca Altieri comía con movimientos pausados, la mirada baja, como si el silencio fuera el más duro de los juicios. Cuando Lorenzo se levantó para irse, su voz lo detuvo: «La plaza no es un confesionario, Lorenzo. No todo se muestra. No todo se declara».

Se giró y la miró a los ojos. «No tengo nada que confesar, madre. Simplemente elegí vivir a la luz del día».

Los días siguientes trajeron una lenta acumulación de consecuencias. Algunos comenzaron a ignorarlos por completo: saludos no correspondidos, conversaciones interrumpidas, invitaciones que dejaron de llegar. Otros, por el contrario, los buscaron más. Una joven pareja de Valleverde se acercó a Elena en el mercado y le confesó que llevaban tiempo guardando un secreto por miedo a los rumores, pero que al verlos juntos decidieron dejar de esconderse.

El cambio no fue uniforme. El mundo a su alrededor no cambió de repente, pero sí lo hizo dentro de ellos. Cada vez que caminaban juntos por la plaza sin bajar la mirada, consolidaban una libertad innegociable.

Un domingo después, al volver al café, Elena notó menos hostilidad y más curiosidad. Quizás la gente se estaba acostumbrando. Quizás su unión estaba dejando de ser noticia para convertirse en un simple hecho.

Pero ambos sabían que no hacía falta mucho para que las tensiones resurgieran. En ese momento, sin embargo, lo que importaba era que habían resistido el impacto inicial. La plaza, el mercado, la escuela: todos los lugares donde su relación era observada, comentada y juzgada eran también los lugares donde habían decidido afirmar su presencia.

Y mientras la lluvia, esa tarde, comenzaba a caer levemente sobre los tejados y a correr por las canaletas, Elena pensó que quizá el verdadero cambio no estaba en las reacciones de la gente, sino en lo que ella y Lorenzo se habían convertido: dos personas que ya no se escondían, ni siquiera delante de todo el pueblo.

10.3 Más allá de las barreras

La primavera había entrado en Valleverde como un soplo largo y cálido. Los viñedos, dispuestos en hileras ordenadas en las colinas, habían comenzado a teñirse de un verde suave, mientras que en los campos, las amapolas estallaban como pequeñas llamas en el mar dorado del trigo joven. La escuela, con las ventanas abiertas de par en par y las voces de los niños a raudales durante el recreo, parecía respirar en armonía con la tierra.

Elena caminaba por el patio con un fajo de papeles en la mano. Eran planos, dibujos y textos que sus alumnos habían preparado para la iniciativa que llevaba semanas gestándose: una idea que había surgido casi por casualidad, pero que, poco a poco, había ido tomando forma. Lo llamaron "Día de las Manos Unidas" y proponía que la escuela y la finca Altieri colaboraran en un evento conjunto.

Una idea sencilla: los niños plantarían un pequeño huerto en el terreno que Lorenzo les había cedido cerca de la villa, y las familias contribuirían con su trabajo, herramientas y tiempo.

No fue un gesto pequeño. Durante décadas, el muro invisible entre el mundo de los campesinos y la aristocracia había separado vidas y destinos. Ahora, ese muro sería derribado.

Lorenzo llegó poco después, cruzando el patio con paso seguro. Llevaba una camisa remangada y botas de trabajo. Elena lo observó mientras hablaba con dos padres, señalando un mapa del terreno y explicando dónde se plantarían las primeras hileras de árboles. La facilidad con la que se movía entre aquellas personas, que antes lo habrían mirado con admiración o sospecha, era la señal más clara del cambio.

Cuando llegó a su lado, él le sonrió. "¿Todo listo para el sábado?"

"Casi", respondió ella. "Los niños no hablan de otra cosa. Para ellos, es una aventura. Para mí… es algo más."

Lorenzo la miró en silencio, como si quisiera grabar ese momento en su memoria. No hacían falta muchas palabras: ambos sabían que el proyecto era un símbolo tangible de lo que habían logrado.

El día del evento llegó con cielos despejados y un sol radiante. Desde primera hora de la mañana, las familias empezaron a llegar. Algunas llevaban palas y azadas, otras cajas de manzanos y cerezos jóvenes. Las mujeres habían preparado cestas de pan y queso para el almuerzo comunitario, y los niños corrían de un lado a otro, arrastrando cubos de agua o buscando el lugar perfecto para plantar su árbol.

Elena, con un sombrero de paja y un vestido ligero, coordinaba las actividades de los niños, ayudándolos a cavar hoyos y a plantar raíces en la tierra. Lorenzo, mientras tanto, trabajaba codo con codo con los agricultores, sin escatimar esfuerzos. El sudor le perlaba la frente, pero nunca dejaba de sonreír.
A media mañana, todos se detuvieron a beber y descansar. La vista desde el huerto era amplia: se veía la escuela a lo lejos, con las ventanas abiertas y las cortinas moviéndose suavemente, y más allá, la elegante silueta de Villa Altieri. Dos mundos que, hasta hacía poco, parecían opuestos, ahora estaban conectados por una franja de tierra compartida.

Bianca Altieri no estaba allí, pero Lorenzo sabía que desde la ventana de su estudio, en lo alto de la villa, su madre observaba. Quizás todavía molesta, quizás solo curiosa, pero observaba. Ya era un paso adelante.

Por la tarde, se plantó el último retoño. Los niños, con las manos aún sucias de tierra, formaron un círculo alrededor del huerto recién brotado. Elena los invitó a tomarse de las manos. «Esto no es solo un campo de árboles», dijo. «Es un campo de promesas. Cada árbol crecerá a tu lado: con raíces fuertes y ramas que se extienden hacia el cielo».

Los adultos escucharon en silencio. Algunos asintieron con convicción, otros miraron a Lorenzo, algunos intercambiaron miradas que mezclaban sorpresa y respeto. Fue como si, por un instante, todo Valleverde hubiera suspendido sus viejas costumbres.

Cuando el sol empezó a ponerse, tiñendo las colinas de dorado, el huerto estaba allí: veinte arbolitos, cada uno con su etiqueta manuscrita del niño que lo había plantado. Lorenzo y Elena estaban uno al lado del otro, con las manos sucias de tierra, e intercambiaron una sonrisa. No era el fin de todas sus dificultades, pero sí un comienzo concreto, plantado en la tierra y visible para todos.

Mientras las familias se marchaban, cargando sus herramientas y despidiéndose, Elena se detuvo un momento, contemplando la ordenada hilera de árboles. Podía oler la tierra mojada y oír el lejano ruido de una carreta que regresaba al pueblo. Lorenzo se acercó y le puso una mano en el hombro.

"Hoy", dijo, "hicimos algo que perdurará".

Ella asintió. «Sí. Y no solo para nosotros».

Caminaron juntos hacia la escuela, entre las voces aún vibrantes de los niños y el respetuoso silencio de los adultos. Tras ellos, el huerto permanecía, testimonio de que, a veces, las barreras se superan no con palabras ni desafíos abiertos, sino con gestos que arraigan.

Y así, entre la escuela y la finca, en esa franja de tierra compartida, Valleverde había encontrado un nuevo espacio, donde el pasado y el futuro finalmente podían hablarse.

Epílogo

El verano llegó a Valleverde con un calor pleno y redondo, que recordaba al trigo maduro y a la lenta tarde en los corrales. En el patio del colegio, las sombras de los tilos apenas se movían al mediodía, y las voces de los niños revoloteaban de un pupitre a otro como golondrinas volando sobre el agua. Elena se detuvo en el umbral del aula más grande, con una mano en el respaldo del pupitre y la otra agarrando un fajo de papeles escritos con tinta azul. Observó los rostros tensos y alegres, y sintió que, por primera vez en mucho tiempo, lo que tenía ante sí no era un frágil equilibrio que defender, sino algo que realmente pertenecía a todos.

El huerto, justo al otro lado del muro circundante, había entrado en su pequeña temporada. Los árboles plantados en primavera habían echado raíces, obstinadamente. Las hojas nuevas brillaban al sol como un secreto recién revelado, y cada árbol aún lucía la etiqueta escrita por niños: nombres torcidos, letras temblorosas, el dibujo de una manzana o una cereza en una esquina. El aire transportaba un sutil aroma a tierra buena y resina, y desde abajo llegaba el zumbido industrioso de las abejas.

Elena repasó sus cuadernos. Eran ensayos de fin de curso, cuyo tema era "cosas que crecen". Había leído sobre plantas y promesas, amistades y valentía. Un niño había escrito: "Hasta el silencio crece, pero si lo miras, deja de ser grande". Se había detenido en esa frase más de la cuenta. Parecía una respuesta simple a meses complicados.

Salió al balcón para recuperar el aliento. La ladera de la villa, a lo lejos, no representaba ninguna amenaza hoy. Las ventanas estaban abiertas, la ropa tendida bajo el pórtico secundario, un par de sirvientes entraban y salían con cestos de lino: la vida seguía, sin ostentación. Bianca Altieri no había enviado un solo mensaje ni aviso en semanas. Se decía que estaba revisando cuentas y contratos, que había llamado a un viejo granjero porque el año prometía. Algunos juraban haberla visto, al atardecer, asomada a la ventana alta y mirando, en silencio, la franja de tierra donde los niños trabajaban con las manos en la tierra. Elena no sabía si era cierto; solo sabía que, ciertos días, todo el pueblo prefería contarse historias que les hacían bien.

Bajó al patio. Sofía la esperaba sentada en un banco, con el delantal arrugado y una sonrisa en los ojos. «Todos pidieron volver al huerto después de comer», dijo. «Parece que alguien quiere medir con una cuerda si su árbol ha crecido más que los demás». Elena rió. «Lo discutiremos democráticamente». Luego bajó la voz. «¿Alguna novedad?», Sofía lo entendió sin rechistar. «Nada nuevo, o quizá esa sea la noticia. Desde hace unos días, en las tabernas se habla del granizo y no de nosotros. Eso es progreso».

A primera hora de la tarde, cuando el sol caía con más fuerza y el polvo sobre las piedras formaba una ligera neblina, llegó Lorenzo. Caminó por el sendero bajo, con las mangas arremangadas y una cesta vacía en el brazo. Saludó a los niños, uno a uno, con una familiaridad adquirida con el tiempo. Atrás quedó la sombra del campesino que impone respeto por costumbre: lo que quedaba era un hombre que él había elegido. Elena se acercó lentamente. "¿Cómo están las viñas?" "Están aguantando. Si el tiempo acompaña, será un buen año". Había una nueva dulzura en esas palabras, el alivio de quien ya no mide la vida solo con mapas familiares.

Entraron en el huerto, seguidos por un reguero de pasos suaves y voces emocionadas. Elena se inclinó sobre un pequeño manzano: el tronco esbelto, los brotes más oscuros en los bordes de las hojas. «Este es de Caterina», murmuró. «Todas las mañanas revisa si hay hormigas». Lorenzo asintió. «De verdad que se preocupan. Se puede ver cómo ponen las manos en la tierra, con cuidado, sin miedo a ensuciarse». Sintió ganas de decir que ellos también, a su manera, habían aprendido a hacer lo mismo: a poner las manos sobre lo que temían perder y quedarse, incluso cuando las miradas los agobiaban.

A media tarde, Don Ernesto apareció por la puerta lateral, sombrero en mano, con el paso más lento de lo habitual. Llevaba una cesta de higos envueltos en hojas de parra. Se aclaró la garganta y dijo: «Es para todos. Pensé que era bueno que las cosas crecieran cuando se compartían». Elena le dio las gracias. Antes de irse, añadió en voz baja: «Me equivoqué al creer que proteger significaba separar. A veces, el mejor riesgo es el que corremos juntos». Fueron palabras breves, pronunciadas sin énfasis. Elena las recibió como se recibe el agua fresca en un día de julio.

No todos, por supuesto, habían cambiado de opinión. Algunos seguían pasando sin saludar. Un par de madres habían cambiado a sus hijos de clase, alegando razones vagas. Giovanni Rinaldi era visto con menos frecuencia: prefería horarios y calles donde era fácil evitar encontrarse. Pero parecía haber pagado ya sus deudas en el pueblo: sus frases a medias se habían desgastado, como la ropa tendida al sol. Y Valleverde, que sabía percibir cuándo una historia ya no era rentable para las arcas del chisme, había vuelto a su preocupación por los precios del grano y la falta de lluvia.

Al anochecer, cuando la sombra del muro extendía una lengua fresca sobre la tierra seca, los niños formaron un círculo alrededor de los árboles. Elena les entregó a cada uno una tira de tela. «Escribe tu nombre y una palabra para tu árbol», dijo. Sus dedos, torpes y serios, se pusieron a trabajar. «Paciencia», «Fuerza», «Hogar», «Futuro»: palabras sencillas, atadas a las ramas con nudos imperfectos. Lorenzo observaba en silencio. Sus manos, marcadas por la tierra, temblaron ligeramente cuando Elena le entregó un trozo de tela restante. «¿Nosotros también?», preguntó. «Nosotros también», respondió ella. Escribieron «Raíces», sin mirarse, y unieron el nudo.

Se quedaron un rato más, sentados en dos cajas volcadas, mientras las familias se despedían en grupos. El olor a ropa lavada llegaba del pueblo, mezclándose con el aroma más dulce de la fruta madura. La luz se inclinaba, iluminando cada terrón, cada brizna de hierba. Elena sintió un cansancio suave y poco exigente en los hombros. «A veces pienso en cuántas cosas han cambiado sin hacer ruido», dijo en voz baja. «No ha habido conquistas, solo pasos. Y, sin embargo, aquí estamos».

Lorenzo apoyó los codos en las rodillas, entrelazando los dedos. «Quizás las conquistas sean precisamente esto: huellas que nadie nota hasta que te das cuenta de que el paisaje es diferente». Sonrió, como sonríes cuando te reconoces en lo que dices. Las primeras campanadas del atardecer llegaban del pueblo. Las golondrinas, en lo alto, volaban en círculos sobre el huerto.

Más tarde, mientras Elena cerraba las ventanas de la escuela, vio una figura al borde del camino. Una mujer vestida de oscuro, con la cabeza cubierta. No se movía. Miraba hacia abajo, donde el huerto formaba un patrón regular en el campo. Elena reconoció, con un pequeño sobresalto, su impecable postura. Bianca Altieri no avanzó ni hizo un gesto. Se quedó allí parada unos minutos, luego se dio la vuelta y se alejó, con paso recto y los hombros erguidos. Elena no sintió alivio ni inquietud. Solo la certeza de que cada uno, a su manera, estaba encontrando su propia manera de encajar en ese nuevo patrón.

Cuando la puerta del aula se cerró, el olor a tiza y madera la envolvió como un abrazo. Se sentó en su escritorio un momento, rozando la superficie lisa con los dedos. Pensó en todo lo que había temido: la pérdida de su trabajo, la vergüenza, el juicio. Pensó en lo que había ganado sin saber que lo deseaba: la libertad de caminar al paso de otro, de mirar un cuadrado sin pedir permiso, de decirles a los niños «mira» y mostrarles algo que perduraría.

Salió y encontró a Lorenzo esperándola bajo el tilo. No hicieron falta palabras ni gestos. Caminaron juntos por el sendero que bordeaba el campo. Las cigarras habían empezado a cantar, un canto pleno, casi líquido. El cielo se oscurecía hasta adquirir un tono profundo. Al llegar al límite del huerto, se detuvieron. Las tiras de tela que colgaban de las ramas apenas se movían, como velas en un puerto cerrado.

—Mañana traeré las herramientas para los soportes —dijo—. Hay dos plantas que necesitan ayuda. Elena asintió. —Nosotras también hemos necesitado apoyo a veces. —Y nos apoyábamos mutuamente —respondió Lorenzo, sin complacencia, como quien reconoce una simple verdad.

Permanecieron así hasta que la oscuridad lo envolvió todo, sin desaparecer. Entonces desanduvieron sus pasos, dejando atrás el olor a hierba aplastada y un tenue rastro. El pueblo, más adelante, empezaba a encender sus primeras luces. Alguien cerraba una tienda, alguien reía al final de una calle. La vida volvía a su cauce habitual, y en esos cauces Elena reconoció su lugar.

Al día siguiente, los niños perseguirían sus palabras colgantes, buscando la tira con su nombre y midiendo con la vista si la rama había subido un centímetro. El viento haría el resto, doblándola y enderezándola, pidiendo a las raíces que se sujetaran. Y ella, en el centro de ese pequeño mundo, seguiría enseñándoles a leer y a comportarse, con la misma paciencia con la que se espera la primera manzana.

No hacían falta proclamas. Bastaba el silencio apacible de un campo que tomaba forma, una escuela con las ventanas abiertas, dos pasos que ya no se buscaban en secreto. Más allá de las barreras, no había una meta, sino un camino. Y, esa tarde, en Valleverde, el camino parecía suficientemente largo para todos.

Made in the USA
Coppell, TX
18 February 2026